小学館文庫

エゴイスト

高山 真

小学館

田舎に帰る、それだけのため、わざわざ高い服を買う。町から出ないクラスメイトを歯ぎしりさせたい人間は、みんな同じことをやっているものだ、と、僕は今でも信じている。普段着で帰ることができるなら、それは、田舎を出なくてもよかった人なのだ。

シャツの胸元やジーンズのバックポケット……他人が最もよく見る場所に、ブランドのロゴやプレートが入ったアイテムばかりを身につける。あまりにも臆面がなさすぎて、東京で友人に会うときに着ていけば瞬時にネタにされてしまう格好も、一時間に二本しか走っていない単線のローカル線の中で小中学校時代の同級生に出くわしたときには、ネタから鎧《よろい》へと、意味すら変わるのだ。

東京から新幹線に乗って三時間あまり、「こだま」しか止まらない駅で降りたら、

ＪＲの在来線に乗り換えて五駅目、そこからさらにもう一本、ローカル線に十分あまり揺られたところに、僕の実家はある。休日になれば車で移動する人間ばかりの田舎の電車にも、平日の夕方には見知った顔が二、三ある。たまたま平日の夕方に帰省した二十七歳の冬にそのことに気づいて以来、僕はいつも、彼らと鉢合わせすることを期待している。

ずるずると暑さが続く八月下旬、ＪＲを降りてローカル線に飛び込むと、真ん中の通路を挟んで右斜めに、僕が密かに「豚一号」と呼ぶ、同級生の男がひとりで座っていた。この電車の中で会うのは、二十七歳のとき以来、二度目だ。両脇の乗客を気遣う体《てい》を装って、ロゴが型押しされたボストンを、さも大したものではないように床に置く。気づいた同級生が、僕のＴシャツの胸元に縫いつけられたブランドのプレートと、足元のバッグを、穴が開くほど交互に見つめている。その様子を頬で受け止め、ほくそ笑みたくなる衝動を必死でこらえ、僕は開いた文庫本から目をそらさない。

電車が駅に着く。運転席のすぐ後ろに置かれた集札箱に切符を入れて電車を降りる。有人の改札は十年以上前に廃止されたのだ。あちこちがひび割れたままの、屋根のないホームに出れば、誰も手を入れないうちに大人の腰ほどにまで伸びてしまった線路脇の雑草が、地面からの熱とべたつく風で二重に揺れていた。一キロほど先にある海の匂いがここまで届く。二階建て以上の建物はほとんどない町なのだ。寂れた魚市場に積み上げられたトロ箱の匂いと、潮に混じる鉄錆《てつさび》の匂いが、隙間のない蟬時雨《せみしぐれ》をくぐってくる間にねっとりと発酵させられて、市場で嗅ぐよりはるかに息を詰まらせる。

僕と目を合わせずに硬い表情のまま電車を降りた同級生に、少し遅れて歩く。彼も私服姿だった。職場で作業着に着替える仕事をしているのだろう。首周りが伸びきった大きすぎるTシャツ。履き潰し、外側が極端に磨り減ったスニーカーのかかとは、精いっぱい好意的に見てもセクシーさの欠片《かけら》もない。口角が上がるのを抑えられない。この年になって、僕はようやく田舎で笑えるようになった。

十代の記憶を心底楽しそうに語れる人を羨《うらや》ましいと思った時期は終わった。笑顔で語れる過去がなかったからこそ、僕はこの田舎町を出ることができたのだから。

保育園でも学校でも、「オカマ」「おとこおんな」と呼ばれてきた。どうしてそんなふうに呼ばれなくてはいけないのか、と思う気持ちは、四年生の夏休みに部活動の対外試合で隣町の学校の六年生に目を奪われてから、「何を言われてもうなずいちゃだめだ。やつらがおかしいんじゃない。僕がおかしいんだ」という思いに変わった。自分ですら気づいていなかった秘密を、やつらはとっくの昔に嗅ぎ当てていたのだ。

中学に入ると、いじめはますます手が込んだものになった。朝の下駄箱、上履きはこれ見よがしにゴミ箱に捨てられている。ごくたまにあるべき場所にあったとしても、その中を見ると両面テープで固定された画鋲《がびょう》が並んでいた。教室に行けば机と椅子がないことのほうが当たり前だった。教師が美術室に貼った、十人ほどの生徒の絵のうち、僕の絵だけが、もともとどんな絵が描かれていたかわからないくらい落書きだらけになった。

教師を頼りにしようと思ったことなどない。落書きだらけの絵は、美術教師によって学期末にはがされて、生徒たちに返される。彼は、困ったような笑顔を浮かべるだけで何も言わずに僕にその絵を返した。

休み時間にトイレに行こうと席を立つ。教室の扉近くにかたまって座っていた三人の女子が顔を突き合わせて読んでいた漫画が目の端に映った。異性に恋をしたらしい主人公の高揚がさまざまな花になって描かれている。小学四年のときの記憶がよみがえる。あのときのような気持ちは学校の誰にも抱けない。でも、こんど抱いてしまったら、その気持ちは誰にも言わないうちに察知され、花ではなく腐った肉の匂いを放つのだろう。

何も打ち明けていないうちから、僕はすでに人間として扱われていなかった。知られてしまったあとは、生き物として存在することすら許されなくなるのかもしれない。

中学二年の夏休み最後の日、教科書と宿題さえ鞄に入れればそれですむ翌日の準備がまったく進まない。ふと、思った。もう、いいんじゃないかな。自分で死を選べる今のうちに、自分の意志で、終わりにしたいな。

台風が近づくと海辺に行った。防波堤に砕けた波が頭から降ってくるのを受け止めるだけだった。学校から帰る途中に線路の上をずっと歩き続けるのが日課になった。近づく電車が警笛を鳴らすたびに脇にそれてしまった。夜毎《よごと》、手首にナイフを当ててみた。縦に深く切らなければ意味がないことくらい知っていたのに、どうしてもそれができなかった。うっすらとにじむ血の何倍も涙を流しているうちに、いつも窓の外が明るくなった。次の世界へ行きたいと願っているくせに、その願いを真っ先に裏切るのも僕自身だったのだ。

自分への絶望に比べたら、周囲への絶望など、ものの数には入らない。衣替えの頃には、学校での出来事すべてが磨りガラスの向こうで起こっているように思えてきた。授業中、教師が何かを話しているのはわかるのに、何を話しているのかがわからない。体からすべての力が抜ける。そのままおとなしくしていればいい。周りが帰り支度を始めたら、自分も家に戻ればいい。何も感じないようにして一日を過ごせば、どうでもいいことに力をそがれたりしない。ちゃんと死ぬために、力を溜めよう。それだけを考えていた。

そこからの半年間は本当に楽だった。母が癌で死ぬまでは。

母は八年間、入退院を繰り返していた。それはすでに当たり前の日々で、知らなかったのか知りたくなかったのか、当たり前のことにも必ず終わりが来ることを僕は想像したことがなかった。父の車で三十分ほどの病院から、二時間近くかかる大きな病院へと転院したことも、鼻に通された透明なチューブやベッド脇に下げられた厚手のビニールの採尿バッグなど、今までなかったものが見舞いに行くたびに増えていったことも、全部見えていたのに、「母が死ぬ」ということだけは、亡骸《なきがら》が家に戻ってくるまで見えなかったのだ。

平日の真夜中に死んだ母親の死に目には会えなかった。近くに住んでいるおじたち、おばたちが集まり、母と父を迎えた。畳の間に横たえられた母と、枕元に座る父を囲んで、みんな泣いている。誰かがお経を上げようと、経机の引き出しを開けると、奥に、母の書いた手紙があった。入院する前に残していったのだろう。

「こんなことになって悔しいし、悲しい。ごめんなさい。本当にごめんなさい。ありがとう。浩輔《こうすけ》のこと、よろしくお願いします」

おばのひとりが叫ぶように泣き出した。父も両手で顔を覆ってうめくように泣いている。父が泣いている姿を初めて見た。鼻水と涙を拭くことも忘れたままの僕の頭の中で、小学校時代に何度も交わした会話がぐるぐると回っている。

「こうちゃんが大人になってお嫁さんをもらうまで、お母さんは元気でいないとねえ」

「うん。僕、お医者さんになるね。お母さんの病気治して、長生きさせてあげる」

「本当？　お母さん嬉しいなあ」

僕は本気でそう思っていた。治してあげる、などと思っていた。それなのに、母に死が近づいていたことも、その死を母が覚悟していたこともまったく気づかなかった。僕は、この一年間、何も見ていなかった。自分のこと以外、何も見ていなかったのだ。

一週間の忌引きが明けて学校へ行った。上履きは汚れてはいず、机はあるべき場所にあった。担任から話は伝わっていて、やつらも多少は気を遣ったのか。安堵も嬉しさも湧きあがってこない。磨りガラスはますます厚くなったようだ。

ホームルームの時間中、香典返しの名目でクラスメイトに一冊ずつノートが配られた。父が担任に頼んでいたのだろう。全員に渡った頃、小学校で僕を初めて「おとこおんな」と呼んだやつが、隣の席の男と軽口を叩き始めた。

「なんだこれ。なんでお菓子じゃねえの？　バカみてえ」

「ババアひとり死んだくらいで大げさに、なあ」

話し続けるふたりの言葉は、もう入ってこなかった。こめかみのあたりで、飛行機が飛んでいくような金属音がする。腹の中で何かが沸騰し、全身に広がって、そこらじゅうで破裂しそうだった。叫び出しそうになるのを必死で抑える。奥歯が砕けそうだ。それなのに、席を蹴り立って飛びかかれない。こんなやつらが母を馬鹿にしているのに、殴りかかっていくこともできない！

机の上で握り締めた拳《こぶし》はもう真っ白だった。母さん、ごめん。本当にごめん。こんな息子でごめんなさい。腕力も勇気もなくて、本当にごめんなさい。その代わり、もう死にたいなんて思わないから。こんなやつらのせいで死のうなんて、冗談でも思わないから！　お母さんの病気を治すことはもうできないけど、十年後、二十年後、こいつらの知らない世界でちゃんと生き抜いているから！

一時間目の授業が始まった。この半年間が嘘のように、教師の話が入ってくる。やつらと同じ高校に行くわけにはいかない。こいつらと同じ場所で生きていくわけにはいかない。こんな豚のような連中に気を遣って生きていく理由なんてどこにもない。そう思った瞬間、集中するのはたやすいことになった。

なんでこんなに簡単なことに気づかなかったのか、と思う。生まれ変わりたいのなら、一度死ななくてはいけないのだ。母が死んで、「死にたい」と思っていた僕の何かは死んだ。それからすぐに、学校で起こるすべては取るに足らないことになった。豚がしたことに気持ちを乱されるなんて、ありえない。それに、何もかもお互い様じゃないか。豚にだって好き嫌いはあるだろう。僕のやり方と豚のやり方と、嫌い方が違うだけ――。こんなにシンプルなことを今まで知らなかったなんて。

ごくたまに、校舎の陰で殴られることはある。そんなときだけ、教師には報告した。うろたえるばかりの教師を前に、心の中でつぶやいた。

「豚の世話役に望んでなったのはあんただろ。これも給料のうちじゃないか」

高校は地元で一番の進学校を選んだ。やつらと顔を合わせることはなくなった。東京の大学のフランス語学科に進んだのは、「フランス語を学んだ人間ができる仕事など、田舎にはないから」という理由だった。大学に通う四年の間に、東京が田舎と同じだと思ったら、フランスにでも行くつもりだった。「ここ」でさえなければ、どこでもよかったのだ。

仕事を始めて五年目の冬、帰省時のローカル線の中で、母が死んだときに軽口を叩いた二匹の豚の一匹と、偶然に出くわした。一瞬、体がすくんだが、先に目をそらしたのは向こうだった。あのとき着ていたレザーのコート、穿《は》いていたジーンズ、手にしていたボストンは、とうに流行遅れになってしまったが、僕はまだ捨てていない。あのとき味わった感情を保存する手がかりは全部残しておきたかった。電車を降りるまでずっと、少し離れた席から、自分のくたびれた鞄を薄汚れたダウンで隠しながら僕の格好をちらちらと盗み見ていた豚一号がいた。僕はそのとき初めて、十四歳のときの願いが叶ったのを知ったのだ。それ以来、洋服は、僕の鎧になった。

今日、二度目の再会を果たした豚一号は、三十年以上人の手が入っていない駅舎を出て、T字路を僕の家とは反対の方向へと早足で歩いていった。車がようやくすれ違えるほどの、駅前のメイン通りに人の影はほとんどない。いくつかの細道を曲がり、家に着くと、父はもう仕事から戻っていた。テレビを見ていた父が振り返る。

「おう。帰ってきたか」

「ただいま。今日は早いね」

「ああ。そういや、三日前くらいに、中学の同窓会のハガキが来とったぞ」

「もらっとく。返事は東京に戻って出すから」

「おう」

以前、同窓会のハガキを父から受け取ったとき、文面などまったく見ず、すぐにゴミ箱に捨てたことがある。父は、友達を粗末にするような真似はするな、と声を荒げた。

父には、いじめられていたことを話していないし、これからも話すつもりはない。ずっと地元で生きてきて、仕事にも友人にも恵まれて、晩酌が進むと決まって「ここはいいところだ」「東京なんかで暮らすやつの気が知れん」と繰り返す父に、自分の子供が「いいところ」でいじめられていたことを知らせるのは酷だ。三十二歳で母に倒れられ、四十歳で死に別れた人に、これ以上新たな重荷を背負わせることもない。僕にとって父は、同じ場所に住んでいないからこそ、うまくいく人だった。

　父に怒られて以来、こういった便りは東京でシュレッダーにかけるようになった。もちろん、返事など、一度も出したことがない。

「母さんの仏壇に線香上げたら、すぐにごはんの用意するから」

「おう」

　手を洗って仏壇の前に座る。経机を開けると、あの手紙が、帰省のたびに微妙に違った位置にしまわれているのが見える。父も何度も読み返しているのだろう。蠟燭《ろうそく》に火を点《とも》し、線香を炎にくぐらせ、鉢に立てた。手を合わせ、すっかり忘れてしまったお経の代わりに、頭の中で母に語りかける。語りかけることは、いつでも同じだ。

　仕事はそこそこうまくいってる。友人も何人もできた。教室で誓ったことは叶えられるようになった——。

　そして最後に、口に出してつぶやく。

「ごめんなさい。ごめんなさい――」

ゲイであることが悪いことだなどと、今さら露ほども思っていない。誰が何を言ってきても、冷ややかに笑いながら叩き潰せる。それなのに、母の前では、「ごめんなさい」を繰り返す。

僕が結婚するまで頑張ると母は言った。僕は母の病気を治したいと答えをすり替えた。母が死んだあと、僕は生き抜くことだけを選んだ。結婚だとか子供を持つだとか、できないことを思い煩うのは馬鹿らしいと思って生きてきた。それ以外、何ができただろう。

僕は家族を持たない。母が望んでいたこと、父がたぶん今でも望んでいることのすべてに、僕は背を向けている。

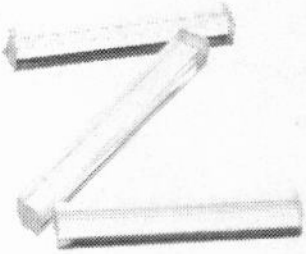

「大都会は大森林より身を隠すのがたやすかった」

高校一年のときに読んだ三島由紀夫の『沈める滝』の一文は、上京してしばらくの間、僕の一番の友人になった。その言葉が予想以上の真実だったから。名前しか知らなかった香水をひと嗅ぎした瞬間、虜《とりこ》になった人のように、僕はその言葉をむさぼるように読み返した。上京して一年が経ち、言葉が自分のものとしてなじんできた頃、僕は、身を隠すのではなく、身を晒《さら》すほうへ歩き始めた。バーへ、クラブへ。隠すのも晒すのも、場所さえ選べば自分の意志でできる。「東京なんて人が住むところではない」と言う父の言葉に、僕はうなずいたことが一度もない。

ゲイの友達ができたとき、好きなものに唾《つば》を吐き、好きでないものに涎《よだれ》を垂らすような演技から初めて解放され、体の中は火照《ほて》っているのにずっと鳥肌が立っていた。

異性愛の男友達や女友達が、僕がゲイであることを洋服の趣味の違いほどの気安さで受け止めて、すぐに次の金曜の夜遊びの相談を持ちかけてきたとき、膝《ひざ》が震えてほとんど倒れそうだった。手に入れるのを夢見るどころか、望むこと自体を諦《あきら》めていたことが、東京にはあったのだ。大学を出たあとに、出版社に入ったのは、給料がまあまあよく、転勤がない、ただそれだけの理由だった。

東京に出てきて、僕の戦闘力は間違いなく上がった。そのしびれるような高揚感に比べたら、恋がもたらすそれは、ものの数にも入らなかった。

十九歳で初めて男と寝た。そのときだけは、事が終わって寝息を立てている男の横で涙ぐんだ。しかしその男とは三ヶ月で終わり、そのあと二、三続いた恋も、長くて二年少しだった。いずれ終わってしまうものにすべてを賭けることがどうしてもできない、と気づいた二十代の半ば過ぎには、恋は、「なければ毎日のように求めるもの」ではなく、「狩るに値する獲物が現れたときだけ意識を向ける」ものに変わり、次第に、意識が向いたときですら、数回のセックスでお互いをむさぼり尽くし、恋の手前で終わることがほとんどになってしまった。声をかけられ、声をかけ、二ヶ月後には声をかけ合ったこと自体忘れかけてしまうことを、寂しいと思ったことはない。

自由であれば孤独であることなど当たり前だ。孤独を「ひりつくもの」だと決めてかかり、したり顔で「恋をしないのは寂しい証拠」と言い放つ人たちとは、やんわりと距離を置くようになった。恋の才能がないことなど、僕にとって大した問題ではない。闘うべき相手は、いつも、ずっと、故郷にいたし、闘う才能があろうとなかろうと、それだけは続けていかなくてはならなかったから。

徹夜が続くことも珍しくない雑誌編集の仕事を言い訳にしているうちに、三十を超えて体型が加速をつけて弛《ゆる》み始めた。エディ・スリマンが手がけていたディオールは、コレクションで見る分には毎回身悶《みもだ》えするほど粋なのに、いざ店でジャケットを試着すると、実際よりも一割は細く見えるように作られてあるはずの試着室の鏡にすら、どうにもエッジが甘いシルエットが映るのは、なぜか。アン・ドゥムルメステールのジャケットやカットソーが最も美しく見えるのは、動くたびに着ている人間の体型が露《あらわ》になるときで、同じ瞬間は着る人によってはギャグにしかならない——例えば、僕。そんなことを友人の前でネタにしてはいたが、それにも限界は来る。帰省から戻ってすぐ、まだうんざりするような暑さが続く九月初めの原宿で、同い年のゲイの友人とお茶をしているとき、友人が苦笑混じりに言った。

「アンタもねえ……。五年くらい前は、ウエスト、アタシくらいじゃなかったっけ？」

友人は、無駄な肉はどこにもついていないのだ。

「まあね。さすがにネタにするのも限界が来てるかもしんない」

「それ以上いったら、嫌いな人間にまでつけ込まれるかもよ」

「それ、やだ。体型ごときで馬鹿どもに鬼の首とった気になられんのもなあ。やっぱジムに通ったほうがいいかな」

「だったらパーソナルトレーナーつけたほうがいいわよ。効率的にライン作れるし」

「それってジムのスタッフにお願いするの？」

「それもいいんだけど、トレーニングマニアのゲイに頼んでみるのも手だと思う。どこをどう鍛えたらセクシーに見えるか、ってことはゲイのほうが知ってるもん。ジムに常駐してるトレーナーに、いきなり『ノンケかゲイか』なんて訊《き》くわけにはいかないから、外で探したほうがいいんじゃない？　それに、そういう子と自分で交渉したほうが、値段も安くすむしね」

「そっか。でも、どこで探せばいいのかな」

三日後、その友人から、「アタシの友達の知り合いに仕事探してるのがいるって。

アタシは全然知らない子だけど。会ってみる?」と紹介されたのが、中村龍太《りゅうた》だった。

条件を話し合うための最初の打ち合わせに現れた龍太は、八歳年下で、奥二重の目に細く通った鼻筋が印象的な、かなりの美形だった。高校生のときからトレーニングをしているという体は肩も胸板も盛り上がり、その分、ウエストが驚くほど引き締まって見えた。戦隊もののヒーローの顔に、レスリングの猛者の体がついている。こちらの世界の言葉で言えば、「高値取引間違いなしの物件」だ。でも、僕は、待ち合わせに指定した原宿の喫茶店で、馬鹿丁寧なほどの言葉遣いを崩さずに勢いよく頭を下げた龍太のちぐはぐさに、何よりも惹《ひ》かれたのだ。

「ほかにひとつ仕事を持っているんですが、ちょっと不規則なので、空いてる時間に週二くらいでパーソナルトレーナーの仕事ができたらいいな、と思ってたんです」

たいてい、顔も体も美しいゲイは、それがほかのゲイに対して強力な武器になることを知り抜いている。そこに若さ、というか、世間知らずが加われば、目の前のゲイに対して高慢になるのを隠しきれなくなるものだ。その高慢さはほとんどの場合無自覚で、余計に僕をいらいらさせる。

龍太は、いままで出会ったその種の男たちとはまったく違っていた。髪型もそれほど手が込んでいるようにも見えなかったし、着古したTシャツとジーンズはどこにでも売っていそうな、素っ気ないほどシンプルなものだった。そこそこ整えられた眉毛で、自分のルックスに無頓着《むとんちゃく》でないことはかろうじてうかがえたが、それ以上のことに気を回す時間がないのか、そのつもりがもともとないのか、いずれにせよ、僕はその素朴さに好感を持った。十四歳の頃からずっと自分自身を追い立てることにかまけてきた僕の切迫感とは、似ても似つかないものに思えたのだ。

加えて、何より不思議だったのは、「二十四歳になったばかり」と言う龍太が、丁寧な言葉遣いを一度も崩さなかったことだった。見る目の厳しい年上の人間ばかりと仕事をしているのか、あるいは、対人関係に気を遣わない仕事であっても、普段からよほど厳しく自分を律しているか、そのどちらかなのだろう。

「じゃあ、これからはケータイのメールで予定をすり合わせて日程を決めよう。一回につき二時間くらい、三千円でどう?」

「嬉しいです。ぜひお願いします」

即答した龍太が座ったまま勢いよくお辞儀をした。その拍子に、龍太のおでこがグラスを倒し、テーブルには見る間にアイスティーが広がった。大きな体を折り曲げたまま、滑稽《こっけい》なほど慌てふためく様子がかわいくて、僕は笑いながら紙ナプキンをまとめて取り、龍太の前に置く。テーブルの上を往復する大きな手、短く切られた爪。この爪にキスしたら、そのあと、この手はどんなふうに動くのだろう。ふと想像して、顔が熱くなった。

しかし、そんな不埒《ふらち》な想像は、会計のときに見事に中断された。「自分の分は払います」と、勢い込んでジーンズのポケットに手を突っ込んだ龍太は、次の瞬間、つかみきれなかった小銭を床に落とした。アイスティーのグラスを倒したときの比ではないほど狼狽《ろうばい》した龍太は飛びつくように床に這いつくばろうして、その拍子にレジカウンターの角にしたたかにおでこを打ちつけた。肩を震わせながらしゃがみ込む姿に、店員も、周りでお茶を飲む客たちも、必死で笑いを噛み殺す。店の中は肩を震わす人間だらけになった。僕も笑いをこらえるあまり、引きつったような声が漏《も》れる。うずくまったままの彼の代わりに小銭を拾いながら、僕は先ほど不埒な想像をしていたときよりはるかに、彼に好感を持っていた。

その五日後、最初のトレーニングの日、意外にもチャンスが訪れた。

「もうね、どこもかしこもタルッタルだよ」

と予告をして、ジムの更衣室でTシャツと膝下のトレーニングパンツ姿になった僕を見て、龍太は、

「そんなことないですよ。今だって充分もてそうな感じだと思いますけど」

と言ったのだ。どこをどうとっても自分より美しい同性から、ありきたりすぎる言葉でルックスを褒められて、素直に喜べる人間がいるだろうか。二度目の顔合わせで僕は初めて、居心地の悪さと軽い苛立《いらだ》ちに包まれた。更衣室に僕たちしかいないのを確かめてから、僕は返答にあからさまに険を込めた。

「そういうお世辞はいらないよ。それとも、中村くん、マニア？」

龍太は、心底不思議そうな顔で僕を見つめるだけだった。アイスティーのグラスを倒したり、小銭を床に落としただけで、踊り出したのかと錯覚するほど慌てていた人間だとは思えなかった。虚を突かれて、僕も龍太の顔を見返したまま言葉に詰まる。

しばらくして、龍太が同じ表情のまま答えた。

「俺、お世辞とか言わない主義ですけど」

それを聞いた僕の中に悪戯心《いたずらごころ》が芽生えた。「ふうん。これでも同じこと言える？」

と、僕は口角を軽く持ち上げた笑いのまま、龍太の唇に自分の唇を近づけていった。

あの言葉が嘘だったら、龍太の仮面は引きはがされる。慌てふためいて顔をそらせる龍太にその傲慢を指摘して、そのあとはどうなろうと知った話じゃない。嘘でないのなら、嘘でないのなら……。

もう一方の考えがまとまらないうちに、顔が近づきすぎて焦点が合わなくなってくる。丸く見開かれたままの龍太の目が分裂して倍の数に分かれたとき、それぞれが笑みを浮かべて閉じられたような気がした。次の瞬間、僕の唇は温かいものに包まれた。何かが踊るようにして唇をこじ開ける。目を開いたままの僕の視界は真っ白になった。

顔を離したのは龍太のほうだった。呆《ほう》けたような僕の顔を見て笑いながら言う。

「仕掛けといてその顔って」

「いや、だって……」

「とりあえず、俺は嘘ついてないですよ。斉藤さんの顔、イケます」

更衣室の入口から足音が聞こえた。龍太は体を離し、

「じゃあ今日からトレーニング開始です。頑張りましょう」

と、僕を促した。そして、僕にしか聞こえない、ごく小さな声で、

「このあと、俺、仕事が入っちゃってるんで、今回はトレーニングだけですけど、次

回は、ふたりとも五時間空いてるときを狙《ねら》いましょう。トレーニングは二時間ですけど」

と言った。

嘘つきじゃないけど、マニアじゃん。そう言おうと思っていたのに。壊れてしまったのは僕の声帯か、それとも脳か。僕の額には、もう運動をしたあとのようにびっしりと汗が浮いていた。

次のトレーニングの予定は一週間後に決まった。龍太からは、「自分と一緒でなくてもジムに行くように」「ジムに行く時間がないときは、いつも乗り降りする駅のひとつ手前で電車を降りて、歩くように」と言われていたが、そんなことは仕事に押されてできるはずもなかった。その代わり、どのホテルを予約しようか、そのホテルでどう時間を過ごそうかと考えるうちに電車を乗り過ごしてしまい、慌てて向かいのホームへの階段を駆け上がる回数ばかりが増えていった。

一週間後、正午から始めたトレーニングが終わったあと、僕は龍太を先に乗せ、タクシーを六本木のグランドハイアットに着けさせた。車を降りた龍太はあっけにとられている。

「斉藤さん、俺、六時くらいまでしか居られないのに……」

「うん、わかってる。僕は泊まって、明日ここから会社に行くから。そのために、今日はジムでウエアやシューズを借りたんだし」

部屋に入ってジャケットを脱ぎ、ソファーに放り投げた。ホテルに入るときから、龍太は急に口数が少なくなっている。Tシャツにジーンズ姿になった僕は、どこか釈然としなさそうな龍太の真意を測りかね、目の前に立ち、冗談めかして言った。

「今になって『あんな嘘つくんじゃなかった』なんて思ってない？」

龍太は誇りを傷つけられたような顔になり、くぐもったうめき声を立て、

「ホント、それ以上言うと怒りますよ」

と、僕の肩を抱きしめた。

ふたりともジムでシャワーは浴びてきた。キスをしながら互いに脱がせ合った服は、絨毯《じゅうたん》の上でそれぞれに重なってゆく。僕たちはそのまま、もつれ合うようにベッドに倒れ込んだ……。

「一緒にシャワー浴びようよ」と龍太が言う。

「体、動かない。トレーニングのあとにこんなことしたの初めてだし。先に浴びててよ」と僕は言う。

龍太は素っ裸のままバスルームに向かった。厚い筋肉を突き破るように盛り上がる肩甲骨、細くなっていくに従って、密度が高まっていくかのように見える腰、日本人には珍しいほど、小さくてぐっと盛り上がった尻。惚《ほ》れ惚《ぼ》れする。なのに……。扉の向こうの水音を聞きながら、僕は、以前、友人が言っていた言葉をぼんやり反芻《はんすう》していた。

「イケメンがセックスうまいとは限らないよ。いつでも手に入るから、相手の体を知ろうとしないことも多いし。当たり前になっちゃったことに、熱意って注ぎにくいじゃない？　で、結局、ワンパターンで子供っぽいセックスしかできなくなってるんだよ」

確かにそれも一理あるかもしれない。しかし、僕が戸惑ったのは、龍太のセックスの温度が低かったからではなく、それがあまりにも「普通」すぎたからだったのだ。

どこもかしこも美しい龍太の体でさえ、僕の中では順位がついた。大きな手のひら。滑らかな肌や筋肉を裏切る、ごつごつと節くれだった指。汗。匂いのほとんどない龍太の汗を自分の中で煮詰めて強い香りにしたくて、僕は一時間の間、抱いたり抱かれたりしながら龍太の体をずっと吸い上げていたのだ。

龍太の視線や、僕の体を伝っていく唇は、どこにも執着せず、そして、どこに対しても平等だった。龍太が好きだと言った僕の顔と、今のところはそうでもなさそうな僕の体と、注ぐ熱意が同じだなんて、ありえるだろうか？

百人、千人、一万人の顔の、それぞれの輪郭、眉、目、鼻、口を独立して取り出して、それぞれに、平均値のパーツを作り出す。そうしてできたパーツを組み合わせて作った顔は、「平均的」どころか「変」としか言えないものになった――。そんな違和感が、湿ったブランケットのようにまとわりつく。一週間前のジムで、僕の唇を自分から迎えにきた龍太の手馴れた様子と、ありきたりすぎて不自然なベッドでの様子が、どうしてもつながらない。

バスルームの扉が開いた。髪を拭きながら出てきた龍太の屈託のなさそうな笑顔を見ると、僕のしていることは単なる邪推でしかないように思えてくる。龍太とのセックスから多くの情報を引き出せなかったのは、僕の能力の問題かもしれないのに。

脱いだままの状態で床に重なった洋服から、龍太は自分のボクサーショーツを取り出し、身につけながら、僕の洋服に手を伸ばした。

「斉藤さんの服、ソファーの上に置いときますね……。うわ。これ、ドルガバだ」

Ｔシャツを取り上げた龍太の手が止まる。

「もしかしてジーンズも？」

「うん」

「ソファーの上のジャケットは？」

「それはグッチ」

「あの……こんな質問していいのかわかんないですけど、貯金してますか？」

正直、まったくないわけではなかったが、こういう場合は「ない」と言ったほうが面白いに決まっている。僕は自嘲《じちょう》気味に笑いながら言った。

「借金はしていないけど、貯金は気持ちいいくらいしてないよ。つか、貯金って言葉の意味がわからない」

ここで龍太もつられて笑えば、話は終わるはずだった。しかし、龍太は、初めて、僕に向かって声を荒げたのだ。

「ダメだよ、そんなんじゃ。もっと考えなよ」

セックスの直前でさえ丁寧だった話し方が崩れた。僕はベッドから半身を起こし、あっけにとられて龍太を見返す。龍太はすぐに我に返って「すいませんでした」と謝ったが、僕は逆に、数分前までの粘ついた違和感をはぎ取ってくれるきっかけを見た気がして息をのむ。龍太が一瞬だけ、本当に裸になったように思えたのだ。ここを逃したら、この男を知るチャンスはまたしばらく巡ってこないかもしれない。突然たぎり始めた欲求を悟られないよう、静かな声で龍太に尋ねる。

「いや、謝る必要なんて全然ないから。全然怒ってないし。自分のことのように考えてくれて嬉しいくらい。でも、ちょっと聞かせて。僕は単なるクライアントじゃん？ クライアントの金の使い方にそこまで真剣になってくれるのは、なんで？」

龍太は僕のTシャツを手にしたまま、彫像のように動かない。僕は手を伸ばしてTシャツを受け取り、ベッドに胡坐《あぐら》をかいてTシャツを身につけた。

「座んなよ。ソファーでもこっちでもいいから」

龍太は僕の横に脚を伸ばして座った。僕は龍太にもう一度「裸」になってほしくて、彼の太ももを握り拳で軽く二、三回叩き、小さな笑い声を立てた。

「急に質問されても困るか。僕だって自分のこと、貯金額しか話してないし」

そう言って、僕は問わず語りに自分のことを話し始めた。仕事のこと、趣味のこと、好きな洋服、好きな友人……。話の途中で龍太は、「今日のシフトを変えてもらう」と、バスルームに入って仕事先に電話を入れた。戻ってきた龍太は、今度は自分から言葉をつなげてきた。

「家族のこと、訊いてもいいですか？」

「もちろん。父親は実家で暮らしてる。僕は大学から東京に出てきているから、もう十五年以上、離れて暮らしていることになるね。今は恋人もいて、仲よくやってるみたい。僕も何度か会ったけど、とてもいい人だし」

龍太が顔を上げて僕の横顔を見つめるのを感じ、僕は話を止めた。しばらくののち、龍太が尋ねた。

「お母さんは？」

「僕が十五歳になるちょっと前に、亡くなった。八年間、長患いだったんだ。一滴も酒を飲まない人だったんだけど、遺伝かな、肝臓が悪くて。最後は癌だった」

話しながら、僕は尋ね返すチャンスをうかがっていた。ずっと黙って聞いていた龍太が、どうして家族の、特に母親のことだけを訊き返す気になったのか。答えを見つけ出すなら、ここしかない。

　話をひと段落させて、僕は顔を龍太に向けた。

「中村くんのご両親は元気?」

　見つめ合ったままの長い沈黙のあと、龍太がうつむいてつぶやいた。

「親父はいないです、離婚して……。今はどこにいるかも知らないです。お袋は、俺が十五のとき、親父と離婚したあとに病気になって……」

　飲み込む唾が強い酒のように、喉《のど》から胸を熱く焼く。「お母さんの病気は僕が治してあげる」と言っていた小学生の自分が頭の中でよみがえった。龍太の手を握る。龍太が再び僕を見返す。

「だから仕事の空き時間に、もうひとつ仕事を入れようとしたんだ」

「うん……」

「高校出てから、ずっとそんな生活?」

「高校三年の途中までは、家を売った金でなんとか……。でも、あと二ヶ月で卒業ってときに、金がどうにもならなくなって、退学して働き始めた。医療保険とかに入っておけばよかったんだけど、元気だったときには掛け金がもったいなかったみたいで……。自分でも将来につながることはしたいから、柔道整復の学校に行くために貯金だけはしてる。まだ全然、足りないけど。だから、斉藤さんが羨ましかった。好きな洋服を買って……」

「たかだか休憩のためにこんなホテルとるような？」

「うん……。本当にすいませんでした」

「だから、謝る必要、全然ないよ。じゃあ、僕も言う。僕も中村くんが……いや、龍太くんが羨ましい。僕は、母親の病気をなんとかして治したい、なんて思ってたから。でも、今、母親が生きてたら、父親がいなかったら、龍太くんと同じことをやってると思うよ。間違いなく、そうしてる」

龍太が僕の手を強く握り返す。先ほどまでのセックスよりはるかに心地よい痛みに目を閉じながら、僕は言葉を続ける。

「そんな大事なことを話してくれてありがとう」

僕の手をほどいた龍太が、僕をきつく抱きしめてくる。

「ありがとう……。ありがとう」

そう繰り返す龍太の背中を手のひらで軽く叩きながら、僕は答える。

「もう斉藤さんなんて呼ばなくていいから。浩輔でいいよ。僕も中村くんでも龍太くんでもなく、龍太って呼ぶ」

うなずく龍太のあごが肩に当たる。僕の体中がじんわりと温かいのは、龍太の体温が高いせいだけではないのだろう。

僕の携帯が鳴った。友人からだった。それをきっかけに龍太も思い出したように自分の携帯を開ける。電話を切って液晶に示された時間を見ると、七時を少し過ぎていた。僕は龍太に訊いた。

「シフト変えたってさっき言ってたけど、大丈夫？」

「うん。そろそろ行くよ」

「頑張れよ。つーか、頑張ろうよ」

龍太が泣きそうな顔で笑った。


ホテルの玄関で龍太を見送ったあと、そのまま部屋に戻る気になれずに、ティールームに入った。出されたコーヒーの湯気をぼんやり見る。まだ龍太に好きだとは言ってはいないが、もう言ってしまったも同じことだ。でも、僕は龍太のどこが好きになったのだろう。

お互いに顔や体で惹かれ、寝たあとで、やはり好きだ、と思い、そこから続いたことは何度かある。「こんなはずじゃなかった」と、お互いに、あるいはどちらかが思い、次の約束がまとまらないまま顔を忘れていってしまったことはそれ以上にある。恋につながらないだろうと予感したまま寝たことはもっと多い。では、龍太は？

龍太は、僕が読んでいる途中で取り上げられてしまった本の続きを持っている男だった。二十年前に母が死んだとき、「取り上げられてしまった以上は仕方ない」と、奥歯が割れる思いで諦めた、物語の続き。龍太の持っている物語が、自分のものであるはずがないことくらいわかっている。けれど、龍太の物語に関われたら、僕は僕の物語を新しく紡いでいくことができるかもしれない。

たったそれだけのために、僕は、会って二週間も経っていない、赤の他人を使おうとしているのだ。卑しいにもほどがある。でも、もう止められない。

体の相性などものの数には入らない。あの男を、絶対に手放さない。僕は、すっかり冷たくなったコーヒーをひと息で飲み干した。

「体を作る目安は三ヶ月」と龍太は言った。その言葉通り、ひと月ごとにベルトの穴はひとつずつ内側に縮まっていき、三ヶ月で欲しかったウエストが手に入った。龍太の言葉を信じるなら、それは、龍太にとっても喜ばしいことであるはずだ。それなのに、ふた月が過ぎた頃から、順調に縮まってきたように思えていた龍太との距離がリバウンドを起こしている。そのことで龍太を責めても仕方がないとはわかっていても、どうしようもなくやりきれない思いにとらわれる。三ヶ月前、「ありがとう」と何度もつぶやきながら抱きしめられた。だが、人の体と同様、人の気持ちも三ヶ月もあれば変わることを、僕は今までの恋愛から充分すぎるほど学んでいた。

　龍太は、ジムでのトレーニングは真剣に見てくれている。しかし、それ以外の時間に、もどかしさが忍び込む。トレーニングのあとに食事をしているときや、龍太に教えてもらったラブホテルでとりとめもない話をしているときや、いかにもふと思い出したようにデパートの地下の食料品売り場に行き、秋刀魚や鮭など大して値の張らない魚を買い、「これはお母さんに」と渡すとき、徐々にその顔に影が混じり、それは次第にごまかしようのない色になった。目の前の相手に飽きた人の顔ではなく、何か苦しいことを我慢しているような、何かに泣いて怒りたいのを必死で隠しているような顔。僕の卑しい魂胆から生まれた行動を、結局、龍太は同情だととったのだろうか。

僕は、龍太の誇りを傷つけていただけだったのだろうか。

「頑張ろう」などと大見得を切っておきながら、僕もどのように接すればいいかわからない。お互いに向ける「好きだ」という言葉が、相手に届く前にポトリと落ちてしまっているような気がするのに、どのような言葉と態度で距離を詰めていくべきかわからない。母が生きていた頃、僕は誰かに助けてもらおうなんて考えもしなかった。だからなのか、助けてほしい人が何を望んでいるかがわからない。龍太がどんなふうに助けてほしいと思っているのかわからない。いや、そもそも助けてほしいと思っているのかさえ、もうわからない。だから、今している以上のことに踏み出せない。

出会って三ヶ月後、トレーニングが終わり、歌舞伎町のラブホテルで、普段どおり念入りに平等で、しかし普段に輪をかけて淡白なセックスが終わり、シャワーを浴びたあとで、そのときがやってきた。前の晩あまり眠れなかったのか、目の下に隈《くま》を作った龍太が、三十分も残り時間があるのにTシャツとジーンズを身につけて、ソファーに座った。

「三ヶ月で、体もだいぶいい感じになってきたね」

そう言いながら、龍太の視線は僕の体などには一瞥《いちべつ》もくれず、揉《も》みしだく自分の拳を見つめている。次の言葉は予想できた。けれど、龍太の口からそれが出てくるまでに、僕は僕で、返すべき自分の言葉を見つけておかなくてはいけない。ほんの少しの沈黙が、どうしようもなく長い。

揉みしだく両手の動きを止め、視線を落としたまま、龍太が言った。

「浩輔さん、俺、今回でトレーニングを見るの、最後にしたいんです」

僕はボクサーショーツを穿いただけの姿のまま、ベッドから起き上がって胡坐をかき、顔を上げない龍太に、自分が用意した質問を投げかけた。

「会うのも今日で最後にしたい、ってこと？」

龍太はうつむいたまま黙っている。僕はもう一度訊いた。

「もう会いたくない、ってこと？」

龍太が小刻みに震え出した口元を隠すように言った。

「……うん。もう会いたくない」

「……うん。わかった。今までありがとう。でも、最後にひとつだけ教えてよ。……僕が龍太のお母さんにいろいろしたことも迷惑だった？」

「違う！」

龍太がバネのように顔を上げて叫ぶ。その目に涙がにじんでいるのを見て、僕はうろたえた。さっき冷静にまとめたはずの考えが情けないほど乱れ、あふれる言葉が自制を忘れて大声になっていく。

「じゃあ、なんで……。迷惑じゃなかったら、別にそのままでもいいじゃん。僕と寝るのがいやならはっきり言いなよ。そんなの構わないから。僕だってやりたいから会ってるわけじゃない。そんなの、もう知ってるだろ」

再び視線を落とした龍太の目から雫《しずく》が落ちる。白くなるほど嚙んだ下唇の間からは、抑えきれずにうめき声が漏れてくる。

「龍太、好きだよ。お母さんのために頑張ってるやつ、僕は好きだよ」

龍太が拳で乱暴に自分の顔をぬぐいながら「俺だって浩輔さんのことが好きだ」とつぶやいた。僕はベッドからソファーに移って、龍太の拳をそれぞれの手で包み、訊いた。

「じゃあ、なんで……」

うつむいたままの龍太は、口を開く代わりにぼろぼろと涙を流している。それなのに僕は、言葉の代わりになっているはずのその涙から、なんの答えも読み取れない。ただ焦りばかりが募っていく。

「頼むよ。ひと言でいい、僕にもわかることしゃべってよ。僕だってこのままじゃ、急に終わられちゃったら、明日からしばらくなんにも手につかないよ」

しばらくの沈黙ののち、涙が落ち着いてきた頃、龍太が絞り出すような声で言った。

「俺、このままじゃ仕事にならない……」

すぐに龍太の顔色が変わり、僕から顔をそむけた。なんのことかわからない僕は聞き返す。

「仕事? 僕のパーソナルトレーニングの仕事なんか続けても続けなくても……」

言い返し終わらないうちに、龍太が僕の手を振り払った。

「ごめん。本当にごめん！」

そう叫んだが早いか、龍太は傍らのフェイクムートンのブルゾンをつかんで立ち上がり、スニーカーをつっかけて、あっという間もなくドアを開けて出ていってしまった。我に返ってあとを追おうとしたとき、僕は自分がボクサーショーツ一枚であることに気づいた。Tシャツを裏返しのまま着てしまって舌打ちをし、ジーンズのボタンフライがなかなか留まってくれないのに苛立ちの叫び声をあげ、セーターを着てコートを引っかけ、玄関でブーツの紐《ひも》を結んでいるとき、ひどく切迫した様子のノックが響いた。開けるとホテルの従業員がいた。全速力でホテルから出ていく龍太の姿を防犯カメラか何かで見て、犯罪が起こったのかと焦って駆けつけたのだろう、息が乱れている。

「チェックアウトお願いします」

と、その人に鍵を渡して外に出た。すぐにバッグから携帯電話を取り出して龍太にかけたが、もう、着信拒否のアナウンスが響くだけだった。

十二月の歌舞伎町を駅に向かってぼんやり歩いた。サイズのまったく合っていない安物のスーツをだらしなく着て震えている客引きの新人ホスト、ソフトクリームのように盛り上がった髪を気にしながら早足で歩く出勤前のホステス、八時にもなっていないのに道端でつぶれている仲間を介抱している大学生。中国や韓国やタイやフィリピン、さまざまなアジアの言葉に、時々東欧の響きの言葉が混じる。木枯らしが吹いているのに、むっとする。すれ違う人たちの体中の穴という穴から吐き出される匂い。それらにとてもよく似合うネオンの色は悪趣味で、ネオンそのものがしたたかに生き抜いているような感じさえする。この中を泣きながら走っていくのは、さぞ目立ったことだろう。駅までの間に職務質問で止められていたら、警官が龍太を解放するのを待って、もう一度問いただすこともできる。そう思いながらいくつかの道を行きつ戻りつしながら新宿駅に向かったけれど、こういうときに限って彼らは役に立たず、まったく何も起こらなかった。

アパートに戻り、部屋の灯《あか》りをつける前に、ベッド脇の電話に留守番電話が届いているのに気がついた。自宅の電話番号など教えていなかったのに、龍太からのメッセージが残されていないか気になってしまう。家の電話から龍太の携帯にかければ、龍太はとってくれるだろうが、ひと声でも発すれば、その瞬間に切られるだろう。それではもっと惨めになるだけだ。僕は灯りをつけてうつ伏せにベッドに倒れ込み、枕に顔をうずめた。

龍太がどこに住んでいるかはうっすら知っている。初めて会って打ち合わせをしたときに、京王線の八王子駅のひとつ前、北野駅から自転車で十五分ほどのところに住んでいると言っていた。しかし、それだけを頼りに駅で一日中待ち伏せなどできない。

僕にだって仕事がある。

仕事。その言葉が浮かんだとき、僕はベッドから跳ね起きた。頭の中で、パズルのピースがものすごい勢いではめ込まれていく。

龍太は、僕とこれ以上会っていては仕事にならない、と言った。それがパーソナルトレーナーではなく、もうひとつの仕事のことであるのは僕にでもわかる。そして、

「俺だって浩輔さんのことが好きだ」という龍太の言葉に自惚《うぬぼ》れるなら……。

十八歳の男が、高校生にはできない仕事をするために、あと二ヶ月しか残っていないのに学校をやめた。そうして就いた仕事で、生活費も、病気の母親の治療費もまかない、将来のための貯金もしている。そんな仕事は、人を好きになったらやりにくくなる種類のもの……。完璧に平等で、だからこそいびつだった龍太のセックスを思い出す。あれは僕の体のパーツを平等に扱っていたのではなく、経験そのものが乏しか

った頃から誰に対しても同じようなセックスをしなくてはいけないと教え込まれ、その通りに自分を律してきたために身についてしまったものなのではないか——。パズルの最後のピースが、一本の爆竹がはぜるような音を立ててはまった。

仰向けにベッドに倒れ込む。天井の白いクロスの細かい模様が、見つめすぎて輪郭をなくし、いつしか頭までがぼやけてくる。頬を軽く叩いてきつく目をつむると、病院のベッドに横たわる母の顔が浮かんできた。僕の想像が正しいとして、もし、僕が十八歳になるまで母が生きていたら、そしてそのとき父がいなかったら……。僕は龍太と同じことができるだろうか。「龍太が羨ましい」と、確かに僕は言った。その言葉を、龍太はどんな思いで聞いていたのだろう。

いつの間にか僕は夢中で爪を噛んでいた。子供の頃、考え事に没頭するといつも爪を噛み、母から注意されていたのを思い出す。噛んだまま引っ張るように爪をはぎ取ったせいか、親指の先から血がにじんでいる。バンドエイドの買い置きがなかったことに舌打ちをしながらコンビニに行こうとベッドから起き上がると、夜はもうすっかり明けていた。

　その日の仕事は終電前に終わった。僕は家に戻らず、新宿二丁目の行きつけのバーに足を伸ばした。店の扉を開けると、平日の夜中のせいか、客はひとりもいなかった。好都合だ。洗い物をしていた店のママ――ゲイなのだが――が、「いらっしゃい」と顔を上げて、驚きに目を丸くした。

「やだ！　コーちゃん久しぶり。一瞬誰だかわかんなかったわ。痩《や》せたわねえ。何キロ落としたの？」

「三ヶ月で七キロくらい。脂肪を落として筋肉を少し増やしてみた」

「あらやだ、夏に向けて準備万端ね」

　オーダーもとらず、ママが焼酎のボトルとジャスミン茶を僕の前に置き、飲み物を作り始める。僕は言葉をつなげた。

「まあね。で、ちょっと遊んでみようかなと思ってさ。後腐れないのがいいんだけど。でさあ、相談があるんだけど……。売り専の店、どっかいいとこ、知ってる？」

　ママは飲み物を僕の前に置きながら、

「アンタだったら、お金使わなくても後腐れない相手はいくらでも見つかるでしょ」

と、驚くふうでもなく言った。この街のバーのママにとって、客からのこういう質問はまったく日常的なものなのだ。

「なんかさ、お金だけ払えばオッケーな関係のほうが、今は気楽で。『次はいつ会おうか』って言われて『どうしよう』なんて思わなくてすむような……」

「アンタもやさぐれたわねえ！　もともと素質はあったけどさあ。……そうねえ……オススメのお店っていうより、オススメのサイトならあるわよ」

「何？　それ」

「今、たいていの売り専ってホームページ持ってて、働いてるボーイを写真つきで紹介してるのよ。でもさ、そのホームページひとつひとつを検索して探していくのなんて無理じゃない？　そこのサイトは、売り専のホームページが全部集められてんのね」

「あ、タウン情報誌みたいな感じ？」

「そうそう。ほら、売り専って結局はさあ、お店が好きかどうかじゃなくて、好みの男がいるかどうかでしょ。一軒一軒回るより、そのサイトからいろんな店のホームページ見て決めたほうがいいんじゃない？　それに今って、二丁目に店出してる売り専みたいに、バーみたいな店にボーイをズラッと並べて、入ってきた客に選ばせるようなとこじゃないほうが多いしね」

「え？　それって、どんな感じの……」

「マンションの一室を使って営業してるようなとこ。ホームページに載ってるボーイにあたりをつけて、客が予約する。で、その店が借り上げてるマンションの部屋を使って、ボーイと客が、するわけよ。もちろん、昔ながらの店もホームページ持ってるところが多いし、まずはそのサイトからチェックしてみたら？　ここら辺の飲み屋形式の売り専にしたって、一軒一軒回ってボーイをチェックするだけでも大変よ。店に入ったからにはとりあえずはドリンク頼まなきゃいけないんだから、飲み代だけでもバカになんないでしょ」

ママは紙とペンを取り出して、アルファベットで何かのキーワードのような文字列を作り、僕に渡した。

「このキーワードで検索かければ、一発でそのページが出てくるはずよ」

「ありがと。じゃあ、ここらへんの売り専回るための飲み代は、ここで使う。ヴーヴクリコ開けて。乾杯しよ」

「あら嬉しい。ありがと」

ママが冷蔵庫の中からシャンパンを取り出しているときから、僕はもう、家に飛んで帰りたくてたまらなかった。カウンターの内側と外側で、「アンタのやさぐれに」とフルートグラスを差し出すママと乾杯しながら、僕はママに気づかれないよう、ずっと貧乏ゆすりを続けていた。

二時間ほどあれこれとおしゃべりをし、店を出てすぐタクシーをつかまえ、家に戻ってパソコンを起動した。立ち上がるまでの四、五分さえもどかしい。

キーワードを入れて検索し、出てきたリンク先をクリックして、驚いた。東京だけで、ゆうに二百軒を超える店がある。五十音順に並んだ店の、上から順番にチェックしていく。ボーイの顔まで載せている店もあれば、上半身裸の首から下だけを掲載している店もある。インターネットで顔まで晒すのはリスクのほうが大きい、という判断だろうが、これでは探すのも難しいかもしれない。

しかし、四、五軒ほど見ているうちに、焦りは徐々に消えていった。顔と同じように、体にも、その人だけの表情がある。僕はもう、龍太の体を知っている。広いけれど滑らかな肩幅、大きさより密度で人を惹きつける胸から腹の筋肉……。

夜が白々と明ける。三十軒目ほどで、見間違えようのない上半身裸の写真が現れて、思わず息が詰まった。右の鎖骨に並ぶふたつのほくろまで同じだ。表記されている年齢は龍太より少し若いが、こういった仕事では珍しいことではないことくらい僕も知っている。念のため、まだ見ていない残りのホームページを全部チェックしても、それ以上の〝龍太〟は、どこにもいなかった。

そこは、新宿から少し離れた場所にマンションを借りて営業をしている店だった。昔ながらの店を回っているだけでは、決して見つからなかっただろう。僕はママに感謝しながら出勤の準備を始めた。

写真を見つけたときの衝撃は消え、僕は満員電車の中で、あれが僕の見当違いでないことだけをただ祈っている。その店に行き、見ず知らずのボーイが出てきたら、というに終わっていた物語にすがり続けた自分の惨めさを突きつけられるだけだろう。まだ終わっていない、お願いだから終わらせないで……、と思わず口に出してしまい、斜め前にいた同い年くらいの女性が怪訝《けげん》な視線を僕に向けた。

その店の電話受付は正午からだった。昼休みに外に出て、携帯を取り出してその店に電話をした。数回の呼び出しのあとに、従業員が店の名前を口にする。

「あの……初めて電話する者ですが、予約をお願いしたくて……」

「はい。ご希望はどの子でしょうか」

「鉄平くんという子を……」

「はい。では、鉄平のスケジュールを調べますので少々お待ちください」

しばらくの保留音のあと、従業員は、

「近々で空いているのは、あさって、土曜日の最後のシフト、夜八時から二時間、だけなのですが、予定はいかがでしょうか。申し訳ないんですが、鉄平はちょっと事情がありまして、〝泊まり〟はしていないんです」

「わかりました。では、それでお願いします」

従業員は、かけてきた電話が僕自身の携帯電話からのものであるかを確かめたあとで、当日の約束の十分ほど前に最寄り駅から店にもう一度電話をすること、その電話で、店までの道順を説明することを伝え、電話を切った。それから僕は二日間、龍太に会って最初の五分で言うべきことをまとめるために、仕事をしていても友人と食事をしていてもまったく上の空で、職場では数年ぶりにミスを叱《しか》られ、友人には笑われた。

土曜日の夜八時前、新宿から程近い地下鉄の駅を降り、従業員の案内に従って住宅街を歩き、築浅のマンションに着いた。電話の主が玄関で応対する。右手にキッチンスペース、左手にユニットバスのある二メートルほどの通路を通り、扉を開けると、セミダブルのベッドとふたりがけのソファー、テレビとシステムコンポがあるだけの、殺風景なワンルームがあった。ソファーに座って言われた通りの金額を払うと、従業員は、「鉄平は二、三分で来ますので、もう少々お待ちください」とお辞儀をし、玄関を開けて外に出た。待機用の部屋が近くにあるのかもしれない。

二日間、必死で考えてきた台詞《せりふ》を何度も口にする。勝負は最初の五分と決めていた。僕のことをまだ好きであっても会うつもりがないのか、龍太が本当に僕のことが嫌いになったのか、そんなことはどうでもいい。龍太の心が変わらないのがわかったら、もうすがったりしないで、帰ろう。三ヶ月前までの、いつもの日々に戻ろう。結果がどうなろうと、そのことだけは決めてきたのだから。

玄関が開く音がした。靴を脱ぎ、ドアをノックする音。「失礼します」という声は、龍太だった。

部屋に一歩入り、僕の顔を見るなり、龍太はドアノブを持ったまま、

「なんで……」

と言ったきり、動かなくなってしまった。

我に返った龍太が踵《きびす》を返す前。勝負はここしかない。

僕は龍太をまっすぐに見て、言った。

「驚かせてごめん。でも、携帯、着拒にされたらこっちだって何も言えねえし。だから五分だけ話させて。五分後に『帰ってくれ』って言われたら、帰るから。もうこんなことは二度としない」

龍太はまだ立ちすくんでいたが、ドアノブを持つ手は、僕からでもはっきりわかるほどに震え始めた。

「僕は龍太が好き。前にも言ったよな」

「……うん」

「一緒に頑張ろうって言ったよな」

「……うん」

「なんでそうさせてくんねえんだよ」

ドアノブを握り締めたまま震える手を、もう一方の手でつかむようにして、龍太はしばらく何も答えなかった。

五分はもうとっくに過ぎている。古いクーラーの音だけが響いている。僕はもう一度、

「なんでそうさせてくれなかったんだよ」

と念を押すように尋ねた。

龍太はなおもしばらく沈黙したあと、押し殺した声でつぶやいた。

「……迷惑かけらんねえって思ったし……」

それを聞いた僕は、我知らず声が大きくなる。

「迷惑かどうか、そんなのこっちが決めることだ！」

龍太は憑《つ》かれたように僕のほうを見て、叫んだ。

「会わなきゃよかった！」

最悪の事態として想定していた答えのひとつを耳にして、僕は石のように硬くなる。

龍太はそんな僕に気づかず、あらぬ方向に顔をそむけ、叫び続ける。

「会わなきゃよかった！　会わなかったら、仕事するときにこんなつらい思いしなくてすんだ！　こんな秘密抱えたまま、つらい思いしなくてすんだんだ！　会う前までは、ちゃんとできてたんだ！」

龍太が、整えられた自分の髪を右手でつかんで下を向いた。

「どうやって言えばいいんだよ、こんなこと。どうしたらよかったんだよ……」

僕の中で、「会わなきゃよかった」と聞いたときの衝撃が、潮が引くように消えていく。その代わり、今まで誰に対しても感じたことのない感情に火が点ったような気がした。ここしか、ない。大きく深呼吸をして気持ちを整える。僕は、一字一句間違いなく伝わるよう、言った。

「僕が買ってやるよ」

龍太が僕に向き直る。僕は龍太の目を見て、続けた。

「月に十万しか出せない、しけた客だけど、専属の客になってやる。足りない分は、龍太がこれ以外の仕事で稼ぐ。そんなのいやだ、割に合わない、って言うんなら、僕は今すぐ帰る。もう連絡もしない。どっちがいいか、決めなよ」

龍太は僕を見つめたまま、ずっと黙っている。ただ、ダムに入った小さなひび割れが徐々に大きな裂け目になっていくように、ドアノブを握り締める龍太の手の震えが体全体に広がってゆくのが見える。ガクガクと音を立てるように揺れる膝、くぐもったうめき声、ゆがむ顔——。

龍太の瞳が決壊したのとほぼ同時に、龍太はその場に崩れ、壊れるように泣き出した。体を丸め、顔を隠して、吠えるように泣き出した。

どのくらいそうしていたのか覚えていない。龍太は、そのままの姿勢で、肘《ひじ》と膝で僕の足元ににじり寄った。顔を上げると、鼻水と涙でどろどろだった。そのまま飛びかかるように僕に抱きつくと、また、激しく泣き出した。

龍太の背中を手のひらで優しく叩き続けながら、僕は、幼稚園児の頃、まだ丈夫だった母と一緒に行った動物園で迷子になったときのことを思い出していた。ずっと泣かないよう体中に力を入れていたのに、母が僕を見つけてくれたとき、しゃがみ込んで泣いてしまった。駆け寄る母に飛びついたら、それは収まるどころか火がつくほどの騒ぎになった。母が病気になってから、僕は一度も、そんなふうには泣けなくなった。

龍太、知ってるよ。お前がずっと我慢してきたこと、知ってる。だって、僕もそうだったから——。

そう思っているのに何も言えず、僕はただ、激しく震える龍太の背中を叩き続けていた。

僕には恋の才能がない。愛なんてもっとわからない。だから、僕は金を払う。龍太を自分のものにするために。母との物語を買い戻すために。それ以外、僕に何ができただろう。

4

三日後、龍太から、年内いっぱいで仕事を終えることになったとメールが届いた。年が明けたら道路工事のアルバイトを入れられるだけ入れる、と言う。

「ようやくお袋に本当の仕事を言える」

と、メールは結ばれていた。

その週の終わり、トレーニングのあと、ふたりで新宿を歩いた。クリスマス直前の新宿はまっすぐ歩けないほどのにぎわいで、人混みを避けて伊勢丹のメンズ館に入れば、エスカレーターの前も人がつかえて五、六人が立ち往生していたのに驚いた。いくつかのインポートブランドをまとめて扱う二階のショップで、コートやブルゾンを買う気もないのに試着してみる。望んで切った啖呵《たんか》だったが、月に十万円少ない金額で暮らすなら、真っ先に削るのは洋服代しかない。

くどいほど甲斐甲斐《かいがい》しく動き回る店員の横で、龍太は手持ち無沙汰《ぶさた》だ。入って早々、一着のコートの値札を見たあと、何も手にしなかったのだ。

「また来ます」と店員に言い、通路に出たあと、龍太が一月の初めに二十五歳の誕生日を迎えることを思い出した。

「そろそろ誕生日プレゼントを考えようかな」

と話しかけても、龍太は「いらない」と笑顔で言うだけだった。

「でも、出会って初めてのクリスマスだし、あと二週間で誕生日なんだから」

と食い下がったが、龍太は頑として首を縦に振らなかった。

「だって、俺、この前、もうもらっちゃったから。すごく大きなプレゼント」

どう返事をするべきかわからない。龍太を見つけ出そうとしたときも、見つけ出してあの提案を持ちかけたときも、僕はただ自分のことしか考えていなかったのだから。

龍太が泣き崩れたとき、僕の欲しかったものと龍太の欲しかったものが同じだったと思えた。龍太が抱きついてきたとき、お互いに欲しいものを手に入れられたような気がして心底嬉しかった。けれど、得たものがたまたま同じだったとしても、僕が僕の欲しいもののためだけに動いたのはどうしようもない事実なのだ。それを伝えられずに、曖昧《あいまい》に笑い返すだけの僕は、やはり、ずるい。

あっさり断られてしまったけれど、プレゼントを選ぶ楽しみを我慢するのは少し寂しい。自分の好みや欲しいものはひとまず脇に置き、相手とそれまでに交わした言葉の中から、相手の好みにつながりそうな単語だけをたぐり寄せながら、さまざまなショップを回る。包みを開けたときの相手の顔を見て、してやったりの快感を味わったり、じんわりと広がる喜びに酔ったり……。ただ生き抜くことだけを考えていた十代の頃、自分にもそんな贅沢な楽しみが待っている、と期待したことはなかった。

そろそろ龍太にも、ちゃんとプレゼントを渡したいのに。そう思いながらエスカレーターを降りて、地下一階の靴売り場でブーツを眺めていると、メンズ館と本館をつなぐ通路の向こうに、メンズ館以上にごった返す食料品売り場が見えた。さりげないふうを装って、龍太に尋ねた。

「今日はこのあと、家に帰るんだっけ？」

「うん」

「晩ご飯はお母さんと一緒に？」

「そうだよ」

「夕食の買い出し、終わってる？」

「いや、俺が駅に着いたら、近くのスーパーで買い物をして帰ることになってる。ポケットの中にメモがあるんだ」

折り込みチラシの裏を使ったメモには、細い字で「煮付けにできそうなお魚」「だし昆布」「長ネギ」と書いてある。僕が小学生の頃、母に頼まれて近所の八百屋や魚屋にお使いに行ったときも、こんなメモを渡されていたことを思い出した。

「龍太のお母さんって、生魚は食べられない？　寿司とかは嫌いなの？」

「いや、大好きだよ。まだお袋が元気で働いてて、家に多少余裕があるときは、月に一度、ふたりで近所の寿司屋さんに行くのが楽しみだった」

「あ、そういうときって、すげえ食っちゃうでしょ」

「そうそう。仕事で、お客さんに銀座のすげえ店に連れてってもらうこともあるんだけど、そこでおまかせで握ってもらった寿司より、子供のときに『もう一個トロ食べたいな』なんて思いながら食べてた鉄火巻のほうが、俺の中では全然、旨いんだ」

すれ違う買い物客とぶつからないように身をかわしながら歩き続ける龍太が、突然、僕のほうに向き直り、「ごめん」と言った。

「何が？」

「いや……。仕事のことなんか話しちゃって。それに浩輔さん、小学校のときにはもうお母さん病気だったんだよね」

「仕事のことは、単純に『大変だったな』と思ってるだけ。それに母親のことだって、もう二十年以上前のことだから——。それより、今、プレゼント決めた」

向き直った龍太の顔がかすかにゆがむ。

「だから、それはさっき……」

「龍太のためじゃなくて、お母さんのため。ほら、あそこの通路から食料品売り場に行けるから、寿司ネタ買おうよ。お母さん、外出するのが大変でも、家で手巻き寿司するんならオッケーでしょ。だし昆布も買っていくんだったら、酢飯作れるじゃん。これはお母さんのためのプレゼントだから、龍太に断る権利はないから」

なおも何か言いたそうな龍太を、わざと置いてけぼりにするように歩を早め、食料品売り場へと抜ける通路を渡った。

トロを買い、ウニを買い、イクラを買い、平目を買い、鯛《たい》を買い、甘海老を買い、煮穴子《にあなご》が見つからなかったので鰻の蒲焼を買い、頼まれていただし昆布と長ネギを買ったあと、焼き海苔《のり》と青ジソ、貝割れ大根ときゅうりを買う。「寿司の最後は果物がないと」と、大きな苺《いちご》も買う。両手に抱える袋が増えていくごとに、龍太は、喜んでいいのか困るべきなのかわからないような表情になっていった。

「イクラだけは今日中に食べたほうがいいよ。ほかのものは、余っても火を入れて料理できるし。まあでも、そのくらいのことはお母さんが知ってるよね。あ、卵は割れやすいから、家の近くのスーパーで買いなよ」

「卵って、なんに使うの？」

「錦糸卵《きんしたまご》にして……」

「錦糸卵って？」

「薄く焼いた卵焼きだよ。で、細めに切った蒲焼ときゅうりと錦糸卵を一緒に巻くと、すげえ旨いの。ごまをちょっとふると最高！」

「うん、わかった。……でも、浩輔さん、ほんとにいいの？」

「あのさ、僕、自分の母親にプレゼント贈ったことがないんだよね。せっかくあと四日でクリスマスなんだし、一回くらいはそういう経験させてよ。クリスマスプレゼントに寿司ってのも変かもしれないけど」

龍太の目がかすかに潤み始めた。こうなると、決まって熱烈な礼を言い始めるのだ。「ありがとう」と言いかける龍太を、笑いながら手でさえぎって、すべての品を手渡した。

「お母さん、龍太が全然違うもの買ってきて、驚くかな」

「最初は怒るかも。なんて説明すればいいんだろ」

「ほんとのこと言えばいいじゃん。ジムでトレーニング教えてる人に買ってもらった、って。その人、十四で母親を亡くしてて、『人生で一回くらい、オカンにプレゼントを贈る経験してみたい』ってきかなくて、って。嘘じゃないし」

「……うん。そうだね。そうする。ありがとう」

新宿駅までの地下道を、僕の横顔を見ながら、両手いっぱいの荷物がすれ違う人たちにぶつからないよう、龍太は器用に歩いた。JRの東口から一緒に改札をくぐり、山手線のホームの階段を上がる僕を、龍太が見送った。

家までの電車の中で、野暮だとは思いながら、使った金額を思い出す。一万五千円。まったく後悔はしていないものの、来月から十万円少ない金額で暮らしていくことを考えたら、少し反省したほうがいいかもしれない。今日は家で夕食にしよう。

電車を降りると切れそうなほどの風がホームに舞っていた。米をとぐ水の冷たさを思うと自炊する気が失《う》せ、家まで帰る道すがら、100円ショップに寄り、カップ麺を買った。

部屋に戻ってエアコンのスイッチを入れ、お湯を沸かしてカップ麺に注ぐ。今ごろ龍太とお母さんはふたりでパーティーでも開いているだろうか。「酢飯を冷ますのは体力がいるから龍太の仕事」と言うのを忘れていたけれど、そういったことはもう自然に分担できているものだろう――。

「ふたりの前には手巻き寿司があった。僕の前にはカップ麺があった」

と、サガンのフレーズをもじって歌うように独り言をつぶやきながら出来上がりを待っているとき、ベッドに投げっぱなしにしていたコートのポケットから携帯電話の呼び出し音が響いた。龍太からだった。そのままベッドに座って電話をとる。

「もしもし。もう家に着いた？」

「うん。あのね浩輔さん、ウチのお袋が、どうしてもお礼したいって言ってて。今、横にいるんだけど」

予想外のことに、「はあっ⁉」と素《す》っ頓狂《とんきょう》な叫び声があがってしまう。その声に、龍太のほうが驚いたようだった。

「え？　ダメかな？」

「いや、ダメとかじゃなくて……。ちょっと待って。僕のことは、伊勢丹で打ち合わせした通りに話したんだよね？　龍太のパーソナルトレーニングの生徒で、早くに母を亡くしてるって……」

「うん。そう伝えてある。じゃあ、替わるね」

僕の「ああ、もうちょっと待って」という声が届かなかったのか、携帯から顔を離したらしい龍太の、「斉藤さんだよ」という声が遠くに聞こえた。そしてすぐ、少しかすれた、張り上げる術《すべ》をとうの昔に忘れてしまったような声が、耳元に流れてきた。

「はじめまして。龍太の母でございます」

病弱な母の声は、みんな似ている。声を聞いた瞬間、そう思った。なんの根拠もないのに。自分の母の声とは似ても似つかないのに。

「はじめまして。斉藤と申します」

「本当になんとお礼を申し上げていいか……。いつも龍太がお世話になっているのに、私まで……」

「いいえ、どうやら僕は、中村くんの生徒の中で一番言うことを聞かない人間らしいんです。それで、見捨てられる前に袖の下をひとつ、と思いまして」

「まあ……」

電話の向こうの声が少しだけ朗らかになる。

「トレーニングには文句をつけ、太りそうなものばかり食べて、いつもあきれられているんです。それもそろそろ怒りに変わりそうだったので……」

「もう、そんな。……それに、このお魚、私の体調のことを考えて、龍太に持たせてくださったんでしょう？」

「あの……、僕は中学生のときに母を亡くしていまして。母にプレゼントを渡したことがなかったんです。ですから今日はすごく楽しかったんですよ。何もかも僕のわがままなんです。今日だけは大目に見てください」

龍太の母親からも、明るい返事が返ってくると思っていた。しかし、聞こえてきたのは、噛み殺した嗚咽《おえつ》だった。

「ごめんなさい。泣いたりして……。こんなことがあるなんて思わなくて……」

どんな返事もふさわしくなさそうで、言葉が出てこない。しばらくして、嗚咽は遠ざかり、電話口からは龍太の声が聞こえてきた。

「ごめんね、浩輔さん。びっくりさせちゃって」

気のせいか、龍太の声も湿っている。

「こっちは大丈夫だけど、お母さんは……？」

「うん。大丈夫。実は、電話するちょっと前にも、お袋、泣いてたんだよ。『こんなことってあるのねえ』って。恥ずかしいけど、俺もちょっと、泣いた」

「なんだよ。せっかくのクリスマスプレゼントなんだから、ここからは笑いな」

「うん。そうするよ。ありがとう」

「もうお礼はいいから。電話、嬉しかったよ。じゃ」

電話を切ってベッドに倒れ、枕に顔をうずめる。龍太の母親の声を聞きながら、僕はずっと、何かを思い出せそうなもどかしさを感じていたのだった。ずっと前に失《な》くしたと思っていた本が久しぶりに手元に戻ってきたのに、ぞんざいに放置されていたせいかページ同士がくっついて開かない。セミダブルのベッドをとろとろ転がるように往復しながら、ページがはがれていくのを待つ。五分ほどそうしていただろうか、最初のページが頭の中でかすかな音を立てながらめくれていく。

小学校一年生の五月だった。寝たり起きたりの母から八百屋にお使いに行ってほしいと頼まれた。僕は引き受ける代わりに、「お菓子買いたい」と、母に五十円のお駄賃をねだった。歩いて五分ほどの八百屋に行き、持たせてくれたメモの通りに茄子《なす》と大根、トマトを買い物かごに入れる。そしてお菓子の棚を見ようと歩き出したとき、通路に置かれたバケツに、無造作に、何十本もの赤い花が放り込まれているのが見えた。手書きの文字が学習ノートほどの大きさの紙に書かれ、バケツに貼ってある。

「カーネーション　大100円・小50円」

射すくめられたように動けない。これを買ったらお菓子を買えなくなることはわかっていても、お菓子の棚に移動できなかった。

どのくらい悩んだか覚えていない。手にした小さなカーネーションを野菜と一緒にレジに持っていったとき、どうしてあんなに緊張していたのか、わからない。レジのおばさんが、濡らした新聞紙の切れ端で茎の先端をくるみながら「野菜と別にしておくね」と言ってくれたとき、うなずくことはできたのに、「ありがとう」と言うことはできなかった。

走って家に戻ると、母は起きて待っていた。

「遅かったね。心配したよ」

「ごめんなさい」

と、カーネーションを持った片手を背中に隠したまま、もう一方で野菜を渡す。

「あのね、お菓子買わなかった」

「ん？　じゃあ、お駄賃はどうするの？」

僕はカーネーションを母の目の前に出した。

「え……？」

「もうすぐ母の日だから」

「え……？」

母はもう一度そう言って、ひどくゆっくり床に膝をつき、膝の横に野菜を置いて、花を受け取った。

ありがとう、笑ってそう言ってくれるかな。そしたら僕も、笑って「どういたしまして」って言おう。八百屋から家まで走って帰ってくる間、僕はずっとそう思っていた。花を受け取った母が僕の望んだ通りの反応を示してくれるものだと、得意になって母を見ながら「どういたしまして」と言う準備をしていた。

母は、笑わなかった。みるみる顔がゆがんでゆく。そして、振り絞るように
「もぉ……」

と言い、花を持ったまま両手で顔を覆って泣き出してしまったのだ。

僕の「どういたしまして」はすっかり宙に浮いてしまった。動転してしまった僕は、泣いている母をなだめようと、「お母さん、泣かないで。僕、お母さんが喜んでくれるかなって思って……」と言い、何も悲しくなかったのに母よりも激しく泣き出した。

母はしゃくりあげながら、

「ごめんねぇ。違うの。お母さん、嬉しかったの。とってもとっても嬉しかったの」

と僕を抱きしめた。そのままふたりして、何十分泣き続けただろう。母のパジャマは、僕の涙と鼻水でどろどろだった。

その日からその花は、徳利《とっくり》のような小さな花瓶に生けられて、母の枕元にずっと飾られていた。ずいぶんしおれてきた頃に、僕が「違う花にすれば?」と言っても母は笑うだけで、枯れたあともずっとその花だけを枕元に置いていた——。

ああ、そうだった。僕は確かに母にプレゼントをしていたんだった。母も喜んでくれていたじゃないか。

ベッドに仰向けになったまま、両手で顔を覆った。涙が出てきたからではない。灯りを消してから映画を流すように、もっとはっきりした色彩で思い出を確認したかったのだ。

二十年間、昔を思い出さなかった。そんな時間はないと思って生きてきた。それを許してくれたのは、龍太の母親だった。

プレゼントをあげたつもりで、もらっちゃったんだな。

くっついていたページはすっかりはがれ、優しくめくれてゆく。僕は記憶をむさぼった。

ふと、醤油の匂いが鼻をつく。慌ててベッドから飛び起きてカップ麺のふたを開けると、カップの中には見たこともないほど膨れ上がった麺がぎっしり詰まっていた。すっかり吸い尽くされてしまったのか、傾けてもスープがまったく見えない。苦笑しながらキッチンから大きなボウルを持ってきて、その中に中身をあけ、麩《ふ》のような麺を食べた。どうしてだろう、不味《まず》いどころか、悪くない。

二〇〇四年、僕の仕事は大晦日の前日まであった。龍太も、申し訳なさそうに、

「会う時間がなかなかとれない」と言った。口には出さないが、辞めると知ったお客さんが殺到したのだろう。

大晦日、友人の家に数人で集まりワインを開けていると、携帯電話が鳴った。父からだった。正月に帰らないことを咎《とが》められる年でもないのに、と思いながら電話に出ると、父はしばらく口ごもったあとで、「年明けから明子《あきこ》と暮らすことにした」と言った。以前に何度か会って挨拶した、父の恋人だ。十数年前に夫を交通事故で亡くした人だということは、父から聞いて知っていた。死に別れた者同士、見送った連れ合いへの想《おも》いもわかり合える部分があるのだろう。生きている人間には生きている人間が必要だ。

母の墓参り以外、めったなことでは家に帰らない僕にとって、家に誰が住んでいるかは大きな問題ではないが、わざわざ律儀に報告してきた父にそんなことを伝えるつもりもなかった。僕は父の報告を喜び、「まだ仕事中だから」と伝えて電話を切った。

つけっぱなしにしていたテレビのバラエティー番組から、カウントダウンの大騒ぎが流れてすぐ、今度はメールが届いた。龍太からだった。

「あけましておめでとう！　去年は俺にとってすげえいい年でした。浩輔さんにとってもいい年だったら嬉しいよ。こういう言い方をしていいかわかんないけど、今年もよろしく」

友人に「煙草《たばこ》を吸う」と断ってベランダに出る。風が強い。

「あけましておめでとう。去年はもちろん、僕にとってもめちゃくちゃ嬉しい年だったよ。今年もよろしく。楽しくやっていこう！」

と返事を打ったが、回線がパンクしてしまっているのか届かない。諦めて煙草に火をつけ、新年の決まりごとをする。母への挨拶だ。

「母さん、あけましておめでとう。今、メールをしていたのが、九月から付き合い始めた子だよ。名前は龍太。って、もう知ってるよね。龍太は病気のお母さんの面倒見てるんだって。僕ができなかったこと、やってるんだって。だからかなあ、初めて『手放したくない』って思ってさ。でも、これから龍太とどう付き合っていっても、あのとき僕が母さんに何もできなかったことは変わらないね。ごめんね。ごめんなさい」

風が吹き抜けるたび、冷気が音を立てて毛穴から飛び込んでくる。なんとなく、友人の前でメールを再送したくなくて、ベランダで携帯電話をいじっているうちに煙草が十本ほどなくなった。Tシャツの上から薄いニットを羽織っただけの格好で二時間も外にいたせいだろうか、二〇〇五年の年明けは、結局、ひどい風邪で始まった。

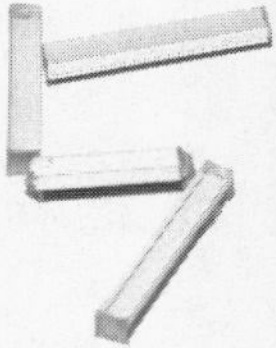

レザーのトレンチコートの紐を結び直し、ストールを何重にも巻いて首周りをガードする。仕事が終わって、地下鉄の駅から表に出ると、家までのほんの数百メートルの距離ですらタクシーを使いたくなるほど寒い。手袋で両耳をガードしながら歩く。途中にあるコンビニに寄り、今日の夜食を買い込んだ。

三が日が明けて龍太と会い、金を渡した。龍太は僕が「やめろ」と言うのも聞かず、深々とお辞儀をして受け取った。それから三週間後、給料日の前日に残高を確認してみたら、ひと月前の同じ日より八万円も少ないことに気がついた。

当然のように自炊を考えた。母が亡くなってから東京に出てくるまで、炊事は僕の役目だったし、東京に出てきてからも、金がない大学生時代は自炊をしていた。が、仕事を始めてある程度余裕ができてくると、自然と包丁を握ることもなくなってしまったのだ。

多少なりとも意気込んで始めた自炊は一週間で終わった。僕は、泥のように疲れて帰ってきたあとで、自分ひとりのための献立を考える面倒くささを引き受けられない人間だったのだ。コンビニに行く回数が飛躍的に増えたのは、それからだ。

　この年で、お気に入りのレストランのメニューではなく、コンビニのカップラーメンの種類に詳しくなっていくなんて。そう思いながら、ふたを半分開けてお湯を注ぐ。時間通りに待ってみても、大して旨いもんじゃない。苦笑しながら麺をすする。

昼食代を浮かすために弁当を作ろうと思い立ったが、早起きに成功したのは三日だけだった。三月の給料日前に、自分はできもしないことに手をつけたのかと落ち込み、この程度の倹約を「できもしないこと」と考えている自分に愕然《がくぜん》とした。

母の命日は三月の終わりで、その年はちょうど日曜日だった。墓参りをしようと思い立ち、土曜日に龍太に金を渡し、慌ただしく愛し合い、最終の新幹線に飛び乗った。新幹線を降りてJRの在来線には乗れたが、ローカル線はとっくに終電が出たあとで、そこからタクシーを拾う。家に着くと、父と明子さんはパジャマ姿でテレビを見ていた。

「おう、おかえり」

「おかえりなさい」

「ただいま。寝るところだったでしょ。風呂には静かに入るから」

そう言いながら目が合った父の顔を、ついしげしげと眺めてしまい、逆に不審がられた。

「なんだ？」

「いや、なんでもない。風呂入るよ」

「おう、俺たちはもう寝る。おやすみ」

父が立ち上がり、明子さんがあとに続く。

「お先にごめんなさい。おやすみなさい」

「ごめんなさいなんて言わないでください。おやすみなさい」

湯船に体を沈めながら昔を思う。母のことではなく、父のことを。あの人は母が倒れてから八年間、どんな状態で生きていたのだろう。僕の実家は小さいながらも一族経営の会社を興していて、健康だったときは母もそこで働いていたから、医療保険の掛け金さえ払う余裕がない中で生きてきた龍太たちとは比べられないかもしれないけれど。

核心に触れるようなことは何ひとつ話さないからこそ、父とうまくいっていると思っていた。でも、僕は聞かなくちゃいけない。母のことを。あのときの、父の気持ちを。

翌朝、父と、家から歩いて五分ほどのところにある母の墓へ行った。明子さんは「こういうときは、ふたりで行くべき」と、留守番役を買って出た。

「気を遣わせちゃったかな」

「お前が気にせんでもいい」

墓には、それほど古くなっていない菊の花があった。明子さんが挿してくれたのだろう。墓地の水場で花筒の水を替え、桶《おけ》に水をくんで戻ると、父は片手で蠟燭の炎を守りながら、線香に火を移していた。僕は父の背中に尋ねた。

「あのさ、ちょっと聞きたいことがあるんだけど」

「なんだ?」

父は振り向かない。

「昔は子供だったからわかんなかったけどさ、母さんが病気になってから、お金の面でも気持ちの面でも大変だった？」

父はしばらく動かなかった。線香に火が移ったのを確かめてから振り向いて、半分に分けた線香を僕に渡した。

「金はなんとかなったが、保険がなきゃ、わからんかったなあ。気持ちは……」

父はまた墓に向き直り、砂を詰めた白い陶器の線香立てに線香を差した。僕もそれに倣う。しゃがんだ父は墓を見たまま続けた。

「母さんは八年近く頑張ったが、初めて入院したとき、本当は先生に『二年、もつかどうか』と言われたのは……」

「ん。知ってる」

「途中から母さんも気がついとったかもしれん、自分がそんなに長くないこと。いつもいつも謝られた。『ごめんなさい、申し訳ない』って。俺はそれが一番つらかったなあ。謝ってほしいなんて、一度も思わんかったから」

「うん」

父はしゃがんだまま、墓を見上げるようにして、動かない。風も空も動かない。はるか遠くに、電車の走り抜ける音が聞こえた。

「一度だけ、本当に一度だけ、母さんが俺の前で泣き叫んだことがあった。『別れてください。実家に戻る』って言ってな。それまで、母さん、体に障らんよう、おとなしくおとなしく暮らしとったから、俺も驚いたし、つらかった。あのときの母さんの顔や声は、今でも時々思い出す。俺が母さんに怒鳴ったのも、そのときだけだ」

「なんて言ったの？」

父は、消えてしまった蠟燭に、ライターで再び炎を点しながら、ゆっくり続けた。

「……そんなこと言うな。もう絶対に言うな。俺も嫌いだったら別れてる。お前だって俺のことが嫌いだったら、別れてもいい。でも、そうじゃない。そうじゃないだろう。出会っちゃったから、しょうがないだろう。出会っちゃって、お互いまだ大事に思ってるんだから、しょうがないだろう。お互いまだ大事に思ってて、しょうがないから、やっていくしかないだろう――そう言った。俺は口下手だからなあ、伝わったかどうかは、わからん。事情を知らん人が遠くから聞いたら、怒ってるとしか思わんかっただろうしな。でも、言ってる俺も、聞いてる母さんも、ボロボロ泣いてたよ」

わざとらしいほど素っ気ない父の口調は、僕の頭の中で、吠えるような声に変わって再現された。僕に気取られないよう、父は必死なほどさりげなく、鼻をすする。合掌する父に少し遅れて、僕もその場にしゃがみ込み、手を合わせて目をつむった。風もない。遠くからかすかに「ジジジ……」と響いてくる音は、地面の下でみみずが鳴く音だろうか、強くなった太陽に温まった若葉がきしんでいるのだろうか。

帰り道、父がそれとなく尋ねた。

「お前にも、なんかあったのか」

年下の男の恋人が――などと、本当のことを言うわけにはいかない僕は、さらさらと嘘をつく。

「いや、友達の奥さんが病気になってさ。相談されたんだけど、答えられなかったから」

「そうか」

家までの道を父と並んで歩きながら、僕はさっきまでの父の言葉をずっと頭の中で繰り返していた。

出会っちゃったから、しょうがないだろう。出会っちゃって、お互いまだ大事に思ってるんだから、しょうがないだろう。お互いまだ大事に思ってて、しょうがないから、やっていくしかないだろう――。

「父さん」

「ん？」

「僕、けっこう好きだよ。父さんのこと」

「ばかやろう」

「明子さん、いい人だね」

「おお」

沈丁花《じんちょうげ》の強い香りが、かすかに吹いてきた風に溶け込んでいる。空が高い。いい日だ。父に嘘をつくことで味わうやるせなさは、二十代のうちに底をついていた。それがいいことなのか悪いことなのかはわからない。ただ、いい日だな、と、単純に思えた。


東京に戻って、四月の初めの土曜日、午前中に龍太と落ち合ってトレーニングをし、新宿で一緒にランチをとった。ルミネの上にあるバイキング形式の店で、鶏肉とたっぷりの野菜と豆類と、ほんの少しの玄米をトレイに盛り、席に戻ると、「先に食べてて」と言ったにも関わらず、龍太は箸をつけていなかった。

「そろそろそういう遠慮はしないでほしいんだけど」

「遠慮じゃないよ。お袋に教わった礼儀ってやつ。だから、今さら変えらんない」

僕は苦笑しながら箸をとった。龍太が遅れて箸をとりつつ、僕に尋ねる。

「そうだ、この間のお母さんのお墓参り、どうだった？」

「うん。天気もよかったし、父親ともいろいろ話せて、なんかいい感じだった」

向かい合わせで食事をしながら、ふいに、龍太に質問したくなった。どんな気持ちで、体を売る仕事に飛び込んだのか。しかし、どんな言葉を選ぶべきか、迷っているうちに箸は徐々に進まなくなった。龍太が気づいて、茶々を入れる。

「食欲ないなんて珍しくない？　いつもは、ここにいるトレーナーが『いい加減にしてください』って言うくらい食べるのに」

「朝に運動するのはきついよ。そりゃ食欲もなくなるって。これからは午後にトレーニング入れて。頼むから」

無理に笑顔を作って鶏肉の網焼きを口に運ぶ僕に、龍太も同じように笑顔でうなずく。訊くにしても、隣のカップルの囁《ささや》きの一語一句まで聞き取れる、この店は不向きだ。

食事を終え、店を出て、乗り込んだ下りのエレベーターは僕たちだけだった。先に口を開いたのは、龍太だった。

「どうしたの？　なんか変だよ。俺、なんかした？」

僕は慌てて首を振る。

「じゃあ、本当に体調悪い？」

「いや、そうじゃなくて……。龍太に訊きたいことがあってさ」

「何？」

一階に着くまで、エレベーターが途中で開かないことを祈りながら、僕は言った。

「……去年までやってた仕事、始めるとき、どんなふうに思った？」

龍太の視線がまともに僕とぶつかった。無理に笑顔を作ろうとしたのだろうか、龍太の口元がゆがむ。

「……やっぱり、ああいう仕事をしてたやつとは付き合えない？」

「違う！」

エレベーターが一階で開いた。乗り込む人々を交わしながら街に出ると、すれ違う人たちの話は喧騒《けんそう》に紛れて聞こえなくなった。話すなら、今だ。

「ごめん。ほんとに違う。墓参りをしてるとき、父親に訊いたんだよ。昔、どんな思いで過ごしていたか、ってこと。普段は無口なくらいの父親が、僕の知らなかったことをたくさん話してくれて嬉しかった。だから……」

僕を視界に入れないようにするためか、少し前を歩き続けていた龍太が、急に歩を緩めた。笑ってはいないが、無理に表情を作ることもない、いつもの顔だった。龍太は、

「……こういう話って、喫茶店なんかでしたら、隣の人が気になってしょうがないね。歩きながらしようか」

と言い、僕と距離を縮めた。

「そりゃあ、心からしたいと思って入った仕事じゃないよ。でもさ、ほかに何もなかったから。あれしか道はなかったから。ここしか道がないなら、進まなきゃしょうがねえじゃん、って。お袋のこと大事だから、それしかねえじゃん、って」

ふいに新宿の騒音が僕の周りからすべて消えた。母の墓で聞いた「ジジジ……」という小さな音だけの世界になった。

「浩輔さん？　浩輔さん⁉」

龍太の声が、はるか遠くから聞こえるような気がする。その不思議さに我に返った。

「あ……ごめん」

「今日はほんとに変だよ。実家でなんかあった？」

「……変なのかな。いや……、なんて言うか……、嬉しかったんだ、今の話、聞けて」

「嬉しい？」

「うん」

ふたりしてあてもなく歩き続けるうちに、高層ビル群まで来てしまった。土曜日のビル群は人通りもまばらで、先ほど以上に周りを気にすることもない。僕は、墓地で父が語ったことをそのまま龍太に伝えた。話し終わる頃、僕たちの距離はどちらからともなく肩が触れるくらいに縮まっていた。

「そっか。浩輔さんのお父さん、俺とおんなじだったんだ」

「そう。それに、僕もだよ」

「え？」

「僕もおんなじ。龍太のことも大事だし、電話で話しただけの人だけど、龍太のお母さんも大事。だから、やれるとこまでやるしかないだろう、って思って、東京に戻ってきた」

「……俺ら、みんなおんなじなんだ」

「そうだよ」

「……俺だけじゃないんだ」

「そうだよ」

「……ありがとう」

「おんなじってだけでお礼言うことないよ」

「……うん」

ビル群の間をぐるっと回って、小田急デパートの前に着く。一度家に戻って夕食をとり、二時間ほど寝てから現場に行くと言う龍太を、半ば無理やりデパートの地下に連れていき、手巻き寿司の材料を買った。まぐろや平目、鯛やイクラ、七千円を少し切るくらいの買い物をして、新宿駅の改札の前で握手した。肘を曲げ、互いの指先が上を向いた状態でする握手。街なかで男同士がしていても誰からも不自然に見えない、あの握手だ。

「お母さんからのお礼の電話は、もういいから」

「わかった。じゃあ、また」

十メートルほど歩いて振り返ると、龍太はまだ改札をくぐっていなかった。龍太は、振り返った僕に向かって、握手した右手を握り締めて顔のあたりに掲げ、拳にキスをして見せた。僕は笑って手を振り、JRの改札に向かった。

僕と父と龍太は、みんな違う人間で、みんなおんなじだ。

僕の母と龍太の母は違う人間で、みんなおんなじだ。

大事なんだから、しょうがない。しょうがないから、やるしかない。

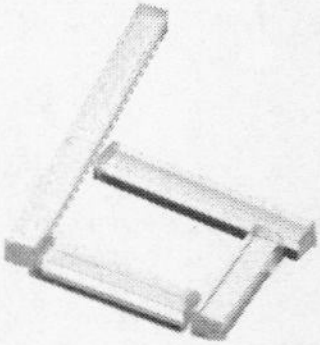

恋人と言ってもいい相手を久しぶりに作った僕に、周りの友人は目を丸くしたり、「守りに入りやがった」などと笑顔で罵声《ばせい》を浴びせたりした。

龍太が過去にどんな仕事をしていたのか、今、僕たちがどんなふうに付き合っているのか、を、ある日、僕は、大晦日を一緒に過ごしたゲイの友人たちとお茶をしているときに話した。彼らは異口同音に、「純愛ね」と、ため息を漏らした。彼らが気を遣ってくれているのか、あるいは、本当にそう思っていたのか、知らない。どちらにしても、彼らの口調には微塵《みじん》の皮肉もなかった。「それは違う」と正直に答えてしまえば、彼らの情に水を浴びせることになる、と、僕は曖昧に笑い返すことしかできなかった。ただ、「誰にも言わないで」とだけ念を押し、それからは誰にもこのことを話さないと決めた。

純粋に恋愛だけにうつつを抜かしていられたのは、出会ったばかりの頃だけだ。龍太の顔と体と振る舞いを、龍太に気づかれないよう観察し、ものにできるかどうかで盛り上がり、電車さえ乗り過ごしていた、あの頃。あの頃に比べ、今は「それ以外のもの」が多すぎる。そして、今の僕にとっては、「それ以外のもの」のほうがはるかに大切になってしまったのだ。それはたぶん、龍太にとっても同じだろう。

手を握り合って、お互いを見ている人たちがいる。彼らは、恋をしている。では、手を握り合って、同じ方向を見ていた僕たちは、どうだったんだろうか。お互いを見ているときでさえ、相手の中に「おんなじ部分」を見出《みいだ》そうと躍起になっていた僕たちは、どうだったんだろうか。

落ち合って、トレーニングをして、食事をして、残りの時間を僕の部屋で過ごす。僕たちは、時には洋服を脱ぎもしないで、抱き合ったまま話し続けた。

——小学校四年の夏休みに、家族で静岡の御前崎《おまえざき》に行ったんだ。母親が病気してから、たった一回だけの家族旅行。一泊二日でね。夏と冬に、車で四十分くらいの母親の実家に行くのが「遠出」ってものだと思ってたから、あれは嬉しかったなあ。もしかしたら、母親が調子のいいときを、ずっと待ち続けていたのかもしれないね。今、思うと大した旅館じゃなかったし、って、そんなこと言ったら父親に怒られるんだけどさ、温泉に入って、ごはん食べて。夜もあんまり眠れなくて、布団に入っても、横の母親にずっとしゃべりかけてたな。家じゃ小学校に上がる頃には自分の部屋で寝てたから。何を話したか？　覚えてないや。本当にとりとめもない話だったと思うよ。何を話したか、じゃなくて、話せること自体が嬉しかったのかもしれない。翌日は、灯台を見に行った。灯台には僕と父親が登って、母親は下で待ってたよ。で、降りてから、三人でずっと海を眺めてた。海も灯台も、実家から歩いていけるところにあるのにさ、今、海っていうと、どうしても御前崎の海を思い出すんだよね。実家は内海の漁師町でね、そことは違って、御前崎の海は風が強くて波も高くてさ。ぬめったような、こもったような、そんな匂い、全然しなかった。ここなら、母さんの悪いもの、風がさらってくれるかなあ、海に溶かして持っていってくれるかなあ。そう思いながら、ずっと手を握って海を見ていたんだ——。

——俺さ、十八であの仕事始めて三ヶ月目くらいに、お袋と旅行に行ったんだ。山梨でぶどう狩りと梨狩りをする、日帰りのバスツアー。泊まりがけの旅行になると心配だったから。集合場所に行ったらさ、周りはお袋と同い年くらいのオバちゃんたちばっかで、俺、浮きまくりだったよ。最初に行った梨狩りの農園で、まずビニールシート敷いて、お袋を座らせて……ほら、梨狩りもぶどう狩りもかがんだまま歩かなきゃいけないから、お袋にはつらいかなと思って持っていったんだ。100円ショップで買った青いビニールシート。で、俺だけぐるっと農園一周して、一番旨そうな梨を二個選んで。そう、超選りすぐり。戻ったら、ビニールシートに、ツアーのオバちゃんが五人くらい、お袋と一緒に座ってんの。「いいわねえ、息子さんと一緒に旅行なんて」なんて、お袋に話しかけててさ。結局、俺、最後まで、オバちゃんたちの分まで梨やぶどうをもいで、ビニールシートまで届ける係になっちゃった。でもさ、お袋が体悪くしてるのを知ったオバちゃんたちが、帰り際ビニールシートたたんでくれたり、梨園やぶどう園で出たゴミを「自分たちのついでだから」って持っていってくれたりして。なんか、すげえ嬉しかった。今、お袋は、半年に一回くらいかな、調子がいいとき、友達と日帰りバスツアー行ってる。友達に看護師さんがいて、俺に「何かあっても私がいるから」って言ってくれててさ。前の仕事をやってたとき、バス旅行から帰ってくるお袋の笑顔を見ると、疲れがとれるような気がしてた。この仕事を選んだの、間違いじゃなかった、って——。

話し続ける龍太の首すじの匂いを吸い込みながら思う。わかっている。これは、もう、恋じゃない。でも、愛だなんて、恥ずかしくて、とても言えない。自分が好きでしていることに、愛なんて言葉、使えるわけがない。

七月の初め、珍しく晴れ間が広がった土曜日の昼前に会ってランチをし、伊勢丹をふたりでぶらついているとき、龍太の携帯が鳴った。

「あ、お袋だ」

そう言って龍太が電話をとる。

「お袋、終わった？　いま、どこ？　うん。俺らは新宿。うん。じゃあ、三十分後に」

電話を切ってジーンズのポケットに入れた龍太がこちらに向き直った。

「今日、お袋、有明《ありあけ》の病院に行ってて、いま診察が終わって駅にいるんだって」

「電車で行ってたの？」

「うん。朝、一緒に出てきたんだ。斉藤さんとトレーニングのアポがある、ってことは伝えてある」

わざわざ電車に乗ってまで診察を受けにいくのなら、それは相当、名のある病院で、有明にはそんな病院は癌専門の病院しかない。すぐにそれはわかったが、どう反応していいかわからずに、代わりに適当な言葉をつないだ。

「新宿から一緒に家に帰るの？」

「うん。その前に、お袋が、浩輔さんに会って、今までのこと、お礼が言いたいって」

僕は周りの買い物客が振り向くほどの素っ頓狂な声をあげた。

「えーっ、別にいいよ、そんなこと」

「いや、朝、家を出るとき、ちゃんとお願いするように、ってお袋に言われたから」

「いや、でも……。だいたい、どんな顔して会えばいいか、わかんないし」

「そんなに難しく考えることないじゃん。別に、恋人だなんて紹介してないし」

龍太の言葉に思わず吹き出した。確かに、自意識過剰にもほどがある。僕は笑ったまま、果物売り場でビワとサクランボを買い、龍太と一緒に新宿駅に向かった。

埼京線のホームに着くと、龍太がすぐ、大きく手を挙げた。それを目に留めた人たちの中にひとり、こちらに歩き出すより先に深々とお辞儀をした人がいた。僕も龍太の横で深めにお辞儀を返した。

病院での脱ぎ着がしやすいようにと選んだのだろう、紺色のゆったりとした長袖のカットソーが、歩くたびに空気を含んで、痩せた体をより目立たせる。その人は、僕たちの前で、もう一度、深く腰を折った。

「斉藤さん、急な話ですいませんでした。僕の母です」

龍太が僕に言う。言葉遣いも声色も、完全に仕事相手に対するものだった。僕も、ゲイの友人たちも、人前で恋人を恋人として扱えないことのほうが多かった。ましてや親の前でそうしたいなんて、考えたこともない。僕が龍太の立場でも、同じようにしただろう。

「はじめまして。龍太の母でございます」

龍太の母親に合わせ、僕も名を名乗る。彼女は頭を上げきらないうちに、

「息子以上に私がお世話になってしまって……」

と続けた。

「そんな。僕は母親を早くに亡くしているものですから、自分の母親に何か買った経験がほとんどないんです。だから、こういうこと、やりたくて仕方ないんですよ」

龍太が紙袋の中身を母親に見せた。

「今日もいただいちゃった。ビワとサクランボ」

「まあ……あんた、またわがまま言ったんでしょう」

僕は慌てて口を挟んだ。

「いえ、これも僕のわがままなんです。中村くんが断るのを聞かないんで、いつも困らせてしまっているんですよ」

彼女は僕に向き直り、また倒れそうなほどのお辞儀をした。

「わがままに育ててしまったので、失礼をしていないか、いつも心配で……」

「中村くんの生徒の中で、たぶん僕が一番わがままだと思います。……確か二週間くらい前にそう言ったよね、中村くん？」

「勘弁してください。母親の前でなんて答えればいいんですか」

僕たちの会話に、ようやく龍太の母の表情がほぐれ、それを合図に僕は彼女を見つめることができた。昔は「美人だ」と言われただろう顔立ち。顔一面に散らばり、どうあがいても隠せなくなったシミ。深く刻まれたと言うよりは、えぐられたようなしわ。そして、白髪混じりの艶《つや》のない髪――。

綺麗だ。心からそう思った。だってこれは、ほかのすべてを捨ててでも、生き抜くことを選びとった人の顔だから。まったく似ても似つかないのに、自分の母親を思い出す。もし母親が五十まで生き長らえたとしたら、こういう顔を獲得しただろう。三十歳の自分の誕生日にふと「母が生きていたら」と想像したことがある。僕の想像に現れた五十四歳の母は、確かにこんな肌をしていたし、こんな髪をしていたのだ。

埼京線のホームの階段を下りようと歩き始めたとき、電車がホームに滑り込んだ。龍太は歩を止め、降りてきた乗客のほとんど全員が先に階段を下りていくのを、ごく自然に見ていた。そのあとで歩き出す龍太と龍太の母親の、あまりの歩みの遅さに驚いた。ホームをつなぐ地下の通路でも、僕たちの横をすべての人たちが追い抜いていく。僕はもちろん、驚いたことをおくびにも出さず、ふたりに歩調を合わせる。

京王線の連絡改札で挨拶を交わし、ふたりを見送ろうとすると、龍太の母が、

「どうぞお先に」

と、僕が行くのを急《せ》かした。その気遣いに礼を言い、すぐ横にある山手線のホームへ出る階段を上る。階段の真ん中の踊り場で振り向くと、龍太と彼女は、そこから動かずにこちらを見送っていた。

乗り込んだ山手線は珍しくすいていた。僕は座席に腰を下ろし、京王線もすいていればいいのに、と願った。

癌を患っている人が、家と有明を電車で往復することが、どれほどの負担になるか、龍太も知っているはずだ。龍太がもし免許持ちで、知っていて何もできないのなら、考えられることはひとつしかない。

夜になって、龍太から、

「ビワもサクランボも、お袋が美味しい美味しいってたくさん食べたよ。最近、食が細くなってたから、俺も嬉しかった。お袋からもお礼を言うように言われたけど、ホントにありがとう」

とメールが届いた。そのとき僕は、小学校の授業参観が終わり、梅雨明けの漁師町にこもる匂いの中を、休み休み歩く母に合わせて歩いた帰り道を思い出しながら、通帳の残高をチェックしていた。

これ以上出すぎた真似をしてしまえば、今だって金を渡すたびに気詰まりな顔になる龍太との間には決定的な溝ができるかもしれない。けれど、僕はもう、今のままの付き合いを続けていけなかった。

僕は、自分の物語のために、龍太を金で買った。それはどこまでも傲慢な行為だと知っている。けれど、龍太の母は、僕の母とは違って、まだ生きている。まだ生きている人のために、他人の僕が何かしたいと思うのは、やはり傲慢なのだろうか。

翌週の日曜日に龍太と会ったとき、僕は龍太からの重ねてのお礼を手でさえぎって、作り話を始めた。十日ほど前に友達が持っている車でドライブに行ったのが楽しかったこと、自分でも車を買ってみようかと思い始めたこと。ただ、洋服とは違い、車は問題なく動けばそれでいいので、メーカーにも新車にも興味がないこと。運転自体に早々に飽きる可能性も高いので、状態のいい中古車を五十万円以内で探していること……。龍太は意外そうな顔で聞いていた。

「免許、持ってたんだ」

「うん。まあ、身分証明書としてしか使ってなかったけど。運転してみたらけっこう楽しいね。龍太は免許、持ってる？」

「うん。昔はよく運転してたよ」

どうして今は運転していないのか、それは訊かなくてもわかる。僕は何食わぬ表情のまま続けた。

「じゃあさ、車買ったらドライブ行こう。行きと帰りで運転交代してさ」

「あ、それ、すげえ嬉しい」

「つーか、今度、一緒に車、見に行く？　中古車売ってるとこに行ったことないし、ひとりで行っても何がなんだかわかんないだろうから」

「うん。やべえ、チョー楽しみ」

龍太が、僕の前で初めて、子供のような顔で笑った。龍太の母親のために買うつもりだ、と、先に話してしまっていたら、魚を買って渡しただけで申し訳なさそうな顔になる龍太は、決してこんなふうに笑うことはなかっただろう。この顔が見られただけでもよかった。僕たちは笑顔のまま、翌週の約束をした。

約束の日の前日、僕は龍太の携帯に、

「待ち合わせの前に、府中で打ち合わせの仕事が入ったから、ついでにそっちまで行くよ。家の近くで中古車売ってるところ、どっか知ってる？」

とメールした。ほどなく龍太から、

「了解。店は知ってるよ。明日、めちゃくちゃ楽しみ」

と返事が届いた。

翌日、北野駅のロータリーで龍太の携帯にメールをすると、すぐに「いまバスの中。もうすぐ着くよ」と返信があった。五分ほどして、龍太が現れた。数日前に梅雨明け宣言があった街は痛いほどの日差しで、龍太のTシャツはすでに体に貼りついていた。

「家は駅からけっこうあるの？」

「歩くと三十分くらいかかるかな。中途半端に遠いんだ」

中古車店はタクシーで五分ほどのところにあった。タクシーを降りたところで、僕は龍太に用意していた質問を投げた。

「この前、お母さんと一緒に、北野駅からバスで帰ったの？」

「うん」

「バス、混んでた？」

「そうでもないんだけど、とにかく蒸し暑くてさ、待ってるだけで疲れちゃったよ」

「龍太も疲れたんだ？」

「そりゃあそうだよー。あの日は浩輔さんだって、ずっと『ジーンズがベタつく！』とか言ってたじゃん」

僕は笑いながらうなずき、努めて何気ないふうを装って、言った。

「あのさ、考えたんだけど、車、買ったら、龍太が持ってて」

「え？」

「お母さんが病院行くとき、龍太が空いてるんだったら、龍太が運転して連れていきな」

「それって……」

「そう。車を買うのは僕だけど、車の持ち主は龍太になる、ってこと」

「だめだって。そんなこと無理。できない」

「なんで？」

「だって……受け取れないよ……」

「あのさ……二週間前、新宿駅で龍太のお母さんに会ったとき、お母さん、ゆっくりゆっくり階段下りてたじゃん。あの姿見たら……、なんて言っていいか、わかんないけど……」

龍太が僕から視線を落とす。

「龍太、僕の母親は、八年間病気したまま、僕が十四歳のときに死んだ。僕んちはど田舎にあってさ、車がないとどうにもならない土地柄ってこともあるけど、病院に行くときは必ず父親が車に乗せていってたよ。龍太も本当はそうしたいんだろ？　僕らだってうんざりするような暑い日にバスを待たせるようなこと、本当はさせたくないんだろ？」

　龍太は視線を落としたまま、何も答えない。動かない龍太の額や首すじに汗の玉が浮き出す。僕は言葉を続けた。

「僕だって、やだよ。病気のお母さんにあんなことさせたくないよ。だったら、僕たち、同じじゃん。同じことを願ってるだけじゃん。だったら叶えようよ。それに、龍太が『どうしても』って言うなら、五十万の予算のうち、二十万くらいは龍太に出してもらうから」

　龍太がようやく僕に視線を向けた。

「二十万まとめて払えとは言ってないよ。毎月一万ずつ払う形なら、なんとかなる？」

「うん。それなら……。でも、今だって俺、毎月……」

「だからそろそろ、それ言うの、やめてほしいんだけど。ふたりでやれるとこまでやってみよう、って決めたじゃんか。僕は車が必要だと思った。龍太はどう思う？」

「……あると本当に嬉しい」

「じゃあ決まりだね。僕たちの車だけど、選ぶのは龍太だよ。車のこと、僕より詳しいでしょ？　っていうか、早く店に入ろう。このままだと、倒れる」

容赦のない太陽と、通りにこもる排ガスの熱気と、アスファルトからの照り返しで、僕たちはジーンズまで一段濃い色になるほど汗だくだったのだ。

僕は早々にクーラーの効いた店内に逃げ込んだ。龍太は、Tシャツが汗を吸い込みきれずに水滴になって落ちるほどになっても構わず、屋外の車を見ていたが、結局、その日のうちに車を選ぶのは保留した。

「友達のツテとか、頼れるものは全部頼って見つけるよ」

と、龍太は笑いかけ、重ねて僕に、どんな車が欲しいか尋ねてきた。僕は、

「お母さんが長時間乗ってても疲れない車であれば、なんでもいいよ。それよりさ、今は車よりアイスティーのことで頭がいっぱい。駅前に戻ってお茶しよう」

と答え、タクシーに手を挙げた。

タクシーに乗り込むと、すぐに龍太が手をつないできた。汗でべたついている。ついさっきまでまとわりついていた空気より、はるかに熱い手だった。

「いやだったら、言って」

「全然」

駅までの道は大渋滞だった。運転手の詫《わ》びに、まったく気にしていないと伝えながら、僕の目はつないだ手をずっと見ていた。

駅前のドトールコーヒーのカウンターで、龍太は「俺に出させて」とアイスティーをふたつ頼み、ジーンズのポケットに手を入れた。つかみきれなかった小銭は、またしても床に広がった。

「何度目だよ。いい加減、財布買えって」

「俺、たぶん財布の中身もこうやってこぼすよ」

僕はその返事に笑いながら、店員からアイスティーを受け取った。

二ヶ月後、龍太は、友人が下取りに出す予定だった車を買い取った。待ち合わせをした北野駅のロータリーで、いつものように龍太がバスから降りてくるものだと思ってバス停あたりを見続けていた僕の前に、見知らぬ車が止まり、運転席からよく知った顔が手を振ってきた。あの笑顔を、僕は今でも思い出す。

7

ゲイの友人が、恋人と別れた。相手がセックスの最中に眠り込んでしまった、と言う。一度目で笑い、二度目で注意し、三度目で怒り、四度目で大喧嘩《おおげんか》をして、別れたそうだ。

新宿二丁目に程近いデニーズで、愚痴と罵詈雑言《ばりぞうごん》と泣き言が五分ごとに入れ替わるショーのような報告が、もう一時間も続いている。それに相づちを打ちながら、「それで別れるなら、僕たちはもう五回は別れているなあ」と思う。

昼も夜も入れられるだけの仕事をして、残りの時間に僕と会う龍太が、いつしか、そのほとんどを寝て過ごすようになったことに驚きはなかった。車を買ってから、北野駅で待ち合わせをしてドライブをすることも多くなったが、それも三ヶ月が過ぎた頃から、郊外のファミリーレストランの広い駐車場で、龍太が一時間ほど仮眠をとってから入店することが多くなった。その姿に、腹を立てられるはずがない。それを友人に言ってしまえば、「じゃあ悪いのはアタシってわけ？」と食ってかかられそうな気がして、黙って話を聞いていたけれど。

そういう生活を選んだのは龍太だが、そういう生活を選ばせたのは僕で、だから僕は、むさぼるように眠り、目覚めたあとで決まって何度も謝る龍太に、怒りよりはむしろすまない気持ちを抱いていた。僕たちは恋人というより共犯者のようだった。ラブホテルのベッドでは真上から、車の助手席では真横から、龍太の寝顔を携帯電話のカメラで撮影し、それはデータボックスにもう何十枚も溜まっている。あとになってよく見比べてみると、同じ人間が寝ているのに、毎回、微妙に表情が違うことに気づいた。ひとりの時間、それを眺めることが、僕にとってはセックスのようなものだった。

二〇〇六年の九月の終わり、いつものように日曜日の昼前に北野駅で待ち合わせる。迎えに来た龍太が助手席に僕を乗せ、車を走らせるなり、口ごもるように言った。

「あのさ、頼みがあるんだけど……」

「何？」

「明日、お袋の誕生日なんだ。それでこの間、プレゼント、何がいいか、訊いてみたんだけど、飯が食いたいって言うんだよ」

「いいね。お母さんもたまには、そのくらいのこと、しないとさ。僕の好きな店、何軒か紹介しようか?」

「ううん。浩輔さんも入れて、三人で飯食いたいって。だから今から家に行くよ。お袋、朝から準備してるから」

僕の答えを待たず、車は、今まで直進しかしたことがない交差点を右折した。

十分ほど走ったあと、龍太は、砂利を敷き詰めた駐車場に車を止めた。

「駐車場代、けっこうかかるんじゃない?」

「いや、大家さんがいい人でさ、お袋の病気のこととか正直に話したら、タダ同然で使わせてくれてる」

駐車場の前に二階建てのアパートがある。築三十年はゆうに超えているだろう。白かったはずの外壁は生成りに変わり、ところどころ薄いグレーの模様ができていた。

昔ながらの銀色の丸いドアノブを回して、龍太が中に入る。僕も挨拶をしてそれに続く。靴を五足置いたらいっぱいになってしまう玄関のすぐ横のキッチンに、龍太の母親がいた。僕の姿を見るや鍋の火を止め、僕の前で正座をしてお辞儀をした。

「ああ、そんな。やめてください。お誕生日おめでとうございます」

「無理を言ったのに来てくださって本当に嬉しい。狭いところですが、おあがりください」

テーブルの上にはすでにいくつも料理が並んでいた。カレイの煮付け、海草のサラダ、筑前煮、こんにゃくと焼き豆腐の田楽。テーブルについた僕の前に、龍太の母親は、しめじの炊き込みご飯と、先ほど火を止めた鍋から、南瓜《かぼちゃ》や人参《にんじん》、牛蒡《ごぼう》や大根などがたっぷり入った味噌汁を出した。

「誕生日と言ってお誘いしたのに、こんな粗末なものなんですけど」

と、龍太の母親は、たぶん本気で恐縮していたけれど、僕にとっては何もかも懐かしかった。母が生きていた頃、母の誕生日はいつもこんな夕餉《ゆうげ》だった。こういうメニューを前にして、母が脂を控えていたためにケーキが出てこないこともわかっていて、母に「誕生日おめでとう」と言っていたのだから。

誕生日会は素晴らしかった。薄味で作られた食事はどれもが味わい深かった。

龍太の母親は、ずっと、龍太が僕のトレーニングをしっかり見ていないのではないかと心配していた。

「俺はちゃんとやってるよ。やってますよね、斉藤さん」

龍太がふくれながら僕に同意を求める。

「『俺はちゃんとやってる』って……。『斉藤はちゃんとやってない』ってことだよね?」

顔色を変えて弁解しようとする龍太を笑いながら手で制し、僕は、くどいほどに言われ続けている食事面の注意を何ひとつ守ろうとしない僕のほうが、いつも見捨てられる危機感と闘っている、と説明した。

「今日だって、お母さんの料理が美味しいからなんですけど、一番食べてるの、僕ですよ」

本当……と言いかけた龍太の母親が表情を変えて口を押さえたところで、三畳ほどのダイニングは僕と龍太の大笑いで満たされ、つられて龍太の母親も顔をくしゃくしゃにして笑い続けた。

食事が終わると、龍太の母親が、厚手のガラスの小さな容器に入ったプリンを出した。

「これもお母さんの手作りですか？」

「ええ。お菓子作るの好きで、昔はケーキもけっこう焼いていたんです。今はプリンくらいですけど……」

狭い台所に何があるのか、視線をめぐらせなくてもすぐにわかる。そこにはオーブンレンジがなかった。僕は何も気づかないふりをして、話をつなげた。

「手作りのプリンって、いいですね」

「ね。それに、いやらしい話ですけれど、お店で買うより全然安いでしょう？」

プリンをひと匙《さじ》、口に入れると、ちゃんと卵の味がする。そう言うと、龍太の母親は、

「嬉しいわ、わかっていただけて。龍太なんて、冷蔵庫開けて『あ、プリンだ』だけなんですから。感想なんて、なんにも」

と朗らかに言い、炊飯ジャーの横の電気ポットから急須《きゅうす》にお湯を注ぎ、お茶を入れてくれた。

帰りは龍太が駅まで送ると言う。玄関先で、龍太の母親に改めてお礼とお祝いの言葉を言って、龍太と駐車場のほうへ回った。

「お母さん、料理、上手だね」

「でしょ？　今でも料理はすげえ好きみたい。今日はありがとう。お袋も楽しんでたみたいで、よかった」

車に乗り込んでエンジンをかける龍太に、僕は言った。

「うん。あのさ、パソコンのバッテリー買い換えなきゃいけなくてさ、電気屋さんに寄ってほしいんだけど」

うなずいた龍太は、家からすぐのところにある家電の量販店に車を走らせた。

パソコンのバッテリーはすぐに見つかり、僕たちはそのまま店内をぶらついた。液晶テレビやカーナビのコーナーを適当に流したあと、台所家電のコーナーに行くと、白いオーブンレンジに「展示品・1点限り。配送不可によりこのお値段」という札とともに、二万円を少し切る値がついていた。

「ねえ、龍太」

「ん？」

「お母さんの誕生日プレゼント、決まった。これにする」

と、僕はそのオーブンレンジを指差した。予想通り、龍太は慌てふためいてその提案を打ち消そうとした。僕は「イヤとかダメとか、もう言わせないよ」と強く言い、さらに言葉を続けた。

「自分の誕生日ならともかく、人の誕生日にごちそうになるだけなんて、僕のスタイルじゃない。それにこれ、二万円しないんだよ。龍太がそこまで首を横に振る値段じゃないよ。それにさあ、家に電子レンジくらいはあったほうが、お母さんもいろいろ楽じゃん。オーブンもついているんだから。ケーキ自分で焼いてたくらいの料理好きの人の家に、オーブンがないのって、悲しいじゃん。前はあったでしょ」

「……うん。壊れてから、買ってない」

「じゃあ、これで決まり。お母さんに言っといて。斉藤が『今度はケーキ食べたい』って言ってた、って」

「うん」

「これ、配送できないからこの値段なんだよ。自分で運べよ。重いけど」

「それは楽勝。ありがとう！」

京王線が新宿駅に着く頃、龍太からメールが届いた。

「お袋がすげえ喜んでた。俺も本当に嬉しかった。ここ何年かで、一番楽しい誕生日だったよ。ありがとう！」

それから数ヶ月の間、龍太の母親は、人参とバナナのパウンドケーキや、なめらかなカスタードがたっぷり詰まったシュークリームや、わた飴のような口溶けのシフォンケーキなどを、龍太に持たせるようになった。僕の体型をもう少しスリムにしたい龍太とは、玄関先でいつも小さな諍《いさか》いになるそうだ。

「当然だけど、僕はお母さん派だから」

と、僕は笑ってケーキを受け取り、その感想を龍太にメールで伝えた。

龍太の家にもたびたび招かれるようになった。頭がついたままのイサキを持っていけば、龍太が近くのスーパーにローズマリーやローリエを買いに行かされ、イサキはプチトマトやエリンギなどと一緒に、オーブンの中で香ばしく焼き上げられる。鶏肉は電子レンジで酒蒸しされ、あっという間に棒棒鶏《バンバンジー》になる。僕からのプレゼントを目の前で巧みに使いこなしながら、龍太の母親は、「炊きすぎたご飯を小分けして冷凍しておくことができるようになった」と、嬉しそうに言った。時々、龍太が箸を持ったまま舟をこぐことも、すぐに笑い話になった。

帰り道、バスや電車の窓を流れる家々を見ながら、三人で過ごした時間を反芻する。

人前で携帯電話を取り出して写真を撮る趣味も、メモや日記をつける習慣もない代わり、僕は何度も、先ほどまでの、あの簡素で豊かな食卓の会話を心の中で巻き戻す。母とどんなものを一緒に食べ、そのときどんな会話を交わしたか、僕が余さず覚えている場面は両手にも満たない。もう、そんな惨めな思いはしたくない。

母の墓参りで、真っ先に行う報告は、龍太と龍太の母親のことになった。

「今、僕が龍太のお母さんにしていることは、本当だったら母さんにすべきことだったね。それよりも、本当は結婚報告とかをするべきなのかな。ごめんね」

友人が、どうして僕が母の墓に向かって謝るのか、どうしても理解できないと言ったことがある。けれど、僕の父は言った。「しょうがないだろう」と。父の言葉は、どうしようもなく正しい。こう生きるしかない。しょうがないんだよ。

もう一週間もボールドウィンの『ジョヴァンニの部屋』を探しているのに見つからない。一九五〇年代のパリを舞台にした、同性愛者たちの物語。我が身の煮え切らなさを滔々《とうとう》と理論武装していく主人公のうら寂しいナルシシズムが、疲れているときには特に、麻薬のように沁《し》みてきて、つい手を伸ばしたくなってしまうのだ。三十代半ばになっても好きなものが変わらないのが、いいのか悪いのかは、よくわからない。誰かに貸したかどうかさえ思い出せないので、本屋で新しいのを買うことにした。

二〇〇七年の春先、龍太の母親の具合が思わしくなく、入院し、手術をした。退院したのは初夏だったが、そのあたりから、龍太が約束の日時に家を出られないことが多くなった。待ち合わせの一、二時間前に、「ごめん。なんか今日、疲れてて。起きても体が動かなくて」と電話がかかってくる。付き合いも三年になれば、その声に嘘が混じっていないことがわかるので、「お大事に。ゆっくり休みなよ」と答えて電話を切る。ぽっかり空いた時間に自分ひとりでジムに行くような趣味をいまだに持ち合わせていない僕は、いきおい読書の量が増えていく。『ジョヴァンニの部屋』のことを思い出したのも、龍太からの電話が入った直後だった。

「無理をするな」

と、たったひと言、言葉をかけることさえできない。無理をさせている原因の一端は、僕にあるのだから。

体を売る仕事は、午後四時くらいからスタートし、終電で帰るのが基本だ、と龍太から聞いたことがある。比べることは意味がないとわかってはいても、夏も冬も外で体を酷使する今の仕事とどちらがきついのか、つい考えてしまう。入院と手術にいくらかかったのか、龍太は頑として口を割らなかった。僕から金を受け取るとき、今でもぎこちなさがとれない龍太がさらりと口に出せる程度の金額だったら、僕もどんなに楽だったろう。

二〇〇七年の夏は暑かった。夏休みの少し前にエアコンが壊れたが、修理の人間を呼ぶわずらわしさに比べたら、ずっと外にいたほうがよかった。読書をするなら、近くのデニーズがある。朝、起きた瞬間から熱気が隙間なくまとわりつく。家を出ると、日差しの強さとそこらじゅうにある室外機からの熱風に、一瞬で倒れそうになる。熱湯のような暑さの中で、思い出すのは龍太のことだった。あの声音からでもわかる体調で、龍太は現場へ通っているのだろう。

クーラーの効いたデニーズに入ってドリンクバーを頼み、外を見る。

――龍太の周りだけでも涼しくなっていればいいのに――。

そう思い始めると、本はいつも途中で閉じられることとなる。湯気と熱気が何もかもにじませるサウナのように、窓から見る外の景色は輪郭がぼやけていた。そろそろ夕方になろうとするのに、今日は特に暑いのだろう。読みかけの本をテーブルの上に置いたまま、鞄の中から『ジョヴァンニの部屋』を取り出して、適当にページを開くと、主人公の恋人ジョヴァンニが殺人を犯し、主人公が彼の死刑執行を絶望しながら待つ場面が現れた。なんとなく、そのまま読み続ける気にならず、再び鞄の中にしまって、煙草に火をつけた。

うだるような夏が終わり、ようやくエアコンをつけなくてもすべてのことができるようになった十月、仕事から戻った僕に、龍太から電話があった。龍太は、このところ自分の体調のせいで会うことができないことを何度も詫びてきた。

「龍太のことも心配だけど、お母さんの体調はどう？　退院してからずっと、家に行ってないから、なんか心配で」

「うん。九月の中頃まで夏バテひきずってたけど、今は大丈夫。手術がうまくいったせいか、年明けに比べて全然いいみたいだよ」

「そっか。それならいいんだけど」

「あのさ、今度会うの、いつにしようか。今度の日曜は、俺、大丈夫だよ」

「僕もオーケー。場所はどうしようか？　そっちに行ったほうがいい？」

「そうしてもらえると助かるな」

「じゃあ、十一時に」

「うん。……ねえ、浩輔さん。俺のこと好き？」

「大好き」

「へへへ。俺も！」

「あー、それだけカッコよきゃ、自分のこと大好きにもなるよなあ」

「……そういう揚げ足とりしなきゃ、もっと好きなのに」

「はは。おやすみ。今日はこれから現場？」

「今日はない。そろそろ寝るつもり」

「ゆっくり寝なよ」

「うん。おやすみ」

それが最後だった。いつも通りの電話だった。気になるところなど何もなかった。

翌日の火曜日、会社での仕事がひと段落し、近くの中華料理店で同僚と食事をしているときだった。鞄の中に入れた携帯電話をチェックしてみると、誰からかわからない番号と龍太から、それぞれ何度か着信が入っていることに気がついた。マナーモードにしていたから、気づかなかったのだろう。見知らぬ番号のほうで、一件、メッセージが残されていたので確認してみると、「電話がほしい」と残していたのは、龍太の母親だった。周りに断って店の外に出て、電話を折り返す。しばらくの呼び出し音のあと、龍太の母親が出た。

「あ、お母さん、ご無沙汰してます。すいません、お電話いただいて」

「いえ、ごめんなさい。何度もお電話してしまって……」

今までに聞いたこともないほど、声が疲れている。体調がすぐれないのだろうか。

「どうされました？」

「あの……あの……」

何度か言いよどんだのち、彼女はゆっくり言った。

「龍太、亡くなったんです」

それからしばらくのことは、薄ぼんやりとした、細切れのような記憶しかない。何度か「えっ⁉」と言っていたような気がする。龍太の母親に「なんで‼」と言ったような気もする。龍太の母親が、「朝、いつまでも起きてこないので、起こしに行ったら、もう布団の中で……」と言っていたような気がする。「斉藤さんにはあの子が本当にお世話になったから……」と言っていたような気もする。ただ、通夜と告別式の場所を言うのでメモをとってほしい、と龍太の母親が言い、葬儀場の住所を途中まで告げたとき、「待ってください！　メモできません！　できません！　できない！」と泣き声で叫び、「明日、電話します。電話しますから」と言って電話を切ったことだけははっきりと覚えている。僕はあのとき、何を引き延ばしたかったのだろうか。

店内に戻り、知人が亡くなったという報《しら》せが入った、と同僚に告げ、鞄を持ってふらふらと外に出る。会社に戻ると、直属の上司がまだ仕事をしていた。「身内に近い人間が亡くなったので金曜日まで有給をとらせてほしい」と申し出る。

面倒をかけることを上司に詫び、エレベーターに乗り込もうとすると、床とエレベーターの間のわずかな隙間に靴先を引っかけてしまい、体勢を立て直すこともできずに膝から崩れ、エレベーターの奥の壁に頭をしたたかに打ちつけた。動き出したエレベーターの中でのろのろと起き上がり、会社を出て、タクシーを拾って家に向かう。

夜道を走るタクシーの中からは、街灯やすれ違う車のヘッドライトしか見えない。窓に映る自分の顔の代わりに、ここしばらくの龍太の顔ばかりが浮かぶ。何をどうやってもとれないだろうと思わせるほど深く染みついた目の周りの隈。僕の部屋に入って十分であげる高いびき。車を出てのびをしたとき、こちらに気づかれないよう横を向いてゆがめた、あの表情——。僕は全部、見ていた。そして、全部、気づかないふりをしてきた。

タクシーが家の前に着いた。まだ暗い車内で財布を出そうと鞄に手を入れると、一冊の本が手に当たった。夏以来、入れっぱなしにしていた『ジョヴァンニの部屋』だ。

いくつかの台詞は完璧に諳《そらん》じられるほど、何度も読み返した本。ファミレスで開いた一ページがよみがえる。あの場面のあとに続く主人公の台詞が、真っ暗な頭の中に浮かび上がった。

「あの男を、断頭台の刃のかげにおいたのは、ぼくだと思えてどうしようもないんだ」

運転手に金を払い、やっとの思いで外に出る。すぐ近くにあった電柱にもたれかかる。何か叫びたい。叫びたい！　そう思って口を開けた瞬間、出てきたのは叫びではなく、げろだった。

頭を電柱に押しつけないと立っていられない。何度もむせながら嘔吐《おうと》するうちに、押し出されるように涙がにじんでくる。げろが出きったあとも奥から何かがこみあげる。それなのに口を開け続けても、奥からは何も出てこない。叫び声も、泣き声さえ出てこない。

〈あの男を、断頭台の刃のかげにおいたのは、ぼくだと思えてどうしようもないんだ〉

龍太に「仕事を辞めろ」などと言うべきではなかった。自分が母に何もできなかったからといって、母に何かをし続けている龍太の世界に入るべきではなかった。僕がすがったりしなければ、龍太はまだ体を売っていただろう。今日だって仕事が入っていただろう。今ごろは客と裸の胸を重ねていただろう。自分の仕事に誇りを持って、あるいはうんざりして、それとも割り切って……。どんな思いでそうしていたか、そんなことはどうでもいい。少なくとも、生きていた！　母親のために生きていた！

いくら待っても、僕の口からはもう何も出てこなかった。涙も乾いてしまった。僕は電柱を離れ、立ち並ぶ家々の外壁を伝うようにして部屋の前にたどり着き、鍵を回して中に入り、靴も脱がず、灯りもつけず、上がり框《がまち》の壁を背に座り込んだ。

どのくらい呆けていたのだろう、鞄の中で携帯電話が振動する気配で我に返った。大学生の頃からの付き合いのある男友達だった。土曜日に会う約束をしていたのを思い出しながら電話をとると、急な仕事が入ったから日延べをしてほしい、と伝えられ

た。こんな状態のままでは会えないかもしれない、と思っていた僕は、その申し出に
「わかった」とだけ絞り出した。その返答を聞くが早いか、友人が尋ねた。

「どうした？　なんかあったの？」

しばらく答えに詰まる僕に、友人はその質問を繰り返す。僕はやっとの思いで口にする。

「さっき、龍太の、お母さん、から、電話が、あった。あいつ、亡くなったって」

電話の向こうで短い叫び声が聞こえた。友人はすぐに「どうして」と言った。

「今日、お母さんが、布団の、中で、見つけたって」

友人の「だから、どうして……」という言葉は、もう問いになっていなかった。それに答える必要がないことを、僕はどこかで感謝していた。

友人は質問を変えた。

「いま、どこ？」

「家」

「ひとり？」

「うん」

「そっち行こうか?」

「大丈夫。ひとりで、なんとか、する。なんとか、しなきゃ、いけないし」

僕はそう答えて、電話を切った。

友人と話しているときだけ、何も出てこないと思っていた口から言葉だけでも出てきてくれる。言葉が出てくるたびに、少しずつ体を動かせる。そのことに、ほんの少しほっとした。龍太を知る友人たちに電話をかけては、「ひとりで大丈夫?」「大丈夫」と言葉を交わす。ひとつ言葉を出すごとに靴を脱ぎ、立ち上がって部屋の電気をつけ、ジャケットを脱ぎ、ベッドに倒れ込んだ。

ふと、「今月中に龍太も一緒に、四人で会おう」という約束をしていた友人夫婦を思い出した。家に電話をすると、夫が出た。僕は遅くに電話したことを詫びてから、言った。

「あのさ……、彼、龍太、いたでしょ?」

「うん。近々一緒に会おう、って。そろそろちゃんと日取り決めとこうよ」

「ごめん。恒二《こうじ》たちに会わせられなくなっちゃった」

「ん? もしかして……別れた?」

「……そういうことになるのかなあ……。さっき、龍太のお母さんから連絡あってさ、龍太、亡くなったって」

恒二は「えっ！」と言ったきり絶句した。僕は、しばらくののちに来るだろう「どうして」という問いに答える準備をしていた。しかし、恒二は、そういったことをすべて飛ばして、こう尋ねた。

「浩輔は、いま、家？」

「……うん」

「これからどっか行く？　それとも誰か、家に来る？」

「ううん」

「じゃあ、すぐにこっちに来い」

今度は僕が絶句する番だった。しばらく黙ったままの僕に業を煮やしたのか、恒二がもう一度、大きな声で言った。

「いまからすぐ、俺んちに来い」

僕はようやく返答する。

「いいよ。だって、仕事あるでしょ」

「そんなこと言ってる場合か！」

すぐに、もっと大きな怒鳴り声が耳元に響いた。

「気を遣ってんなら、大間違いだ。通夜はいつだ？」

「あさって、って言ってたと思う……」

「すぐに来い。俺の仕事場は家からすぐだし、千秋《ちあき》はずっとそばにいられるから。いいか、すぐにタクシーに乗れ」

と言った。

その勢いに押されたのか、それまでほかの友人に言っていた「ひとりで大丈夫」という言葉は単なる強がりだったのか、わからない。ただ、げろを吐いたときしか流れてこなかった涙が、その言葉を聞いて再びにじんできたのを覚えている。僕は、絞り出すように言った。

「うん……行く……」

すぐに恒二は、

「家の鍵だけかけて来い。財布なんか忘れてもいいから、携帯だけは離すな。俺んち、タクシーで来たことないだろ。タクシーに乗ったら運転手に携帯渡せ。俺が道順は説明するから。いいな、すぐに乗れよ」

と言い、電話を切った。僕は携帯を握り締めたままベッドから這い出て、携帯を手に持ったまま上着を着て、鍵を閉めて家を出た。

タクシーをつかまえて、プログラムされたロボットのように、すぐに恒二の携帯に電話をし、運転手に代わる。会話を終えた運転手は、「携帯、お返しします。ありがとうございました」とだけ言い、あとはずっと無言で車を走らせた。もともと無口な運転手なのだろうか、酔ってもいないのに道順の説明さえできないほど動転した客を過去にも乗せたことがあるのだろうか、今の電話で恒二が何か言い含めたのだろうか。いずれにしても、僕にはとてもありがたかった。

一時間ほど走ったのち、車が止まった。車の横には友人夫婦が立っていた。千秋が助手席のドアを開けて運転手に金を払い、恒二が抱え出すようにして僕を降ろす。

「つらかったな。大変だったな。しばらく俺らがいるから。大丈夫だから」

僕の肩を抱えた恒二が耳元で叫んだ。それを聞いた僕はなぜか足の力が抜け、その場にへたり込みそうになる。恒二が僕の両脇の下に手を差し込んで立たせ、もう一度、同じ言葉を繰り返す。ふたりの顔を見てようやく、僕は報せを聞いてから、初めて、叫んだ。叫ぶごとに、壊れるように涙があふれた。家に入っても、僕はしばらくふたりの前で、赤ん坊のように、獣のように泣き続けた。

7

眠れずに夜を明かし、昼過ぎに、龍太の母親に電話をした。電話に出た龍太の母親は、

「斉藤さんの声を聞くと、涙が出てくる」

と言いながら、翌日の通夜と翌々日の本葬の時刻、葬儀場の名前と住所、電話番号を伝えてくれた。電話を切ったあと、僕はしばらく携帯を握り締めたまま泣き続けた。千秋がずっと肩をさすってくれていた。

できれば通夜にも本葬にも出たくなかった。「龍太と僕は、おんなじだ」と、龍太に言ったことがあった。でも、龍太は僕ではなかった。恋人だったけれど、他人だった。他人の母親に僕が勝手に思い入れを強め、他人の生活に僕が勝手に土足で上がり込み、他人の睡眠時間を僕が勝手に削らせた。僕がやったことは、結局、病気の母親

を残して死んだ二十七歳の男と、母親思いの子供を逆縁で失った病弱な女を生み出しただけだった。

謝りたい……でも、どうやって？

龍太の母親は、僕が息子の恋人だったなんて思いもしないだろう。息子の仕事相手が、裏では恋人面して自分たちの人生を破壊し尽くしたなんて、思いもしないだろう。

龍太の母親以外の人間も座っているだろう親族席に向かって、ひとりの男が式の作法を無視してまで土下座したところで、その土下座になんの意味があるのか見当もつかない親族たちは戸惑うだけだろう。土下座の意味を伝えようと思ったら、恋人が男だったことと体を売って金を得ていたこと、という、龍太が隠し通していたふたつの秘密を明らかにするだけだろう。何をどうしても、僕の謝罪は、式をぶち壊し、龍太の母親や親族の悲しみに泥を塗ることにしかならない――。

千秋と恒二のどちらかが必ずそばにいてくれる中で、僕はただカウチに座り、堂々巡りの考えにとらわれて、泣くか震えるか焦点の合わない目でどこかを見ているだけだった。するべきことはひとつだけだとわかっていた。自己満足にすぎない謝罪をしようなどとは考えず、ご親族の迷惑にならないよう焼香をして、ひと通りのことが終わったら、タクシーに乗って帰ればいい。たったそれだけのことを、明日、数時間のうちに行えばいい。自分を責めたいのなら、それが終わったあとで好きなだけすればいい。わかっていることを実行に移すことなどわけもない、と、それまでの僕は思っていた。しかし、このとき、実際に決心がついたのは、夜が明けた頃だった。

通夜の日、恒二と千秋に礼を言って彼らの家を出る。ふたりは駅までの道を一緒に歩いてくれた。改札で別れて電車に乗り、家に戻って黒いスーツに着替える。シャツをどうやって着るか思い出せない。ネクタイを何度も結び損ねて途方に暮れる。充分余裕をもって恒二たちの家を出たはずなのに、北野駅に着いたときには、すでに通夜が始まっている時刻だった。駅前でタクシーを拾い、運転手に葬儀場の名前と住所を書いたメモを見せると、運転手の短い返事とともに車が走り出した。

葬儀場に着いたら何もかも嘘だった。そんな期待を、かすかに、しかし最後までしていた。「ここです」と運転手が停車したところで降りれば、目の前の葬儀場の入口に立てられた看板には、龍太の名前があり、それを見た僕は歩道の植え込みにへたへたと座り込んでしまった。入口で誘導をしていた人が、「大丈夫ですか」と慌てて駆け寄ってくる。

「大丈夫です。すいません」

僕はゆっくりと起き上がる。そう、大丈夫じゃなきゃいけない。この場所では、故人の仕事先の人間として振る舞うと決めたじゃないか。この場所で悲しむ権利は、僕にはないじゃないか。

扉を開けて中に入る。受付で香典を渡して記帳をするとき、筆が震えて文字が乱れた。読経のほうに顔を向けると、小さなホールの中に二十人ほどの人たちが座っている。それ以外の人たちは、すでに始まった焼香のために列を作っていた。ホールの奥まで進み、親族席に頭を下げ、焼香をして、龍太の写真に向かって手を合わせ、順路に沿って部屋を出る。たったそれだけのことなのに、足がすくんで動けない。受付の人に促され、ようやく列に並んだとき、僕の後ろには誰もいなかった。

列が前に進むごとに、祭壇に飾られたジャケット姿の龍太の笑顔がちらちらと目に飛び込んできて、僕の目は前の人のかかとしか見られなくなる。そのジャケットが、僕が龍太の誕生日プレゼントに少し無理をして買ったものだと気づいたとき、下を向いたままの目から壊れた蛇口のように涙が次々に床に落ちていった。ポケットから取り出したハンカチで顔を覆う。真っ暗闇になった世界に、自分の声が文字になって浮かび上がった。

——ごめんなさい——

自分の母親の仏壇や墓に手を合わせるときに繰り返す言葉が、ドアを椅子でぶち破るような音を立てて頭の中で響きわたる。どうして僕は、先に死んだ人に謝るような生き方しかできないんだろう。どうして龍太と龍太のお母さんに、こんな思いしかさせられなかったんだろう。

焼香の番がきた。祭壇の横の親族席に、ハンカチで口を押さえる龍太の母親がいた。僕は彼女をまっすぐに見ることがどうしてもできずに、目をそらしたままお辞儀をした。

これが最後だ。最後なのだから、「ただの仕事相手」として正しく振る舞って、終わりにしなければ。涙を止めるのは無理でも、そのくらいはしなければ。

焼香台に立ち、祭壇に向かい礼をする。指先が震えてお香がつまめない。やっとの思いでつまみ、香炉《こうろ》の中に散らし、手を合わせた。

「ごめんなさい」しか出てこない。けれど、それを口に出してしまったら、何も知らない龍太の母親や親族に迷惑をかけるだけだ。僕は、血が出るほど唇を嚙み締めて、親族席に向き直って礼をし、踵《きびす》を返して順路に沿って歩き出した。椅子が途切れるあの壁際で曲がって、あとはまっすぐ歩けばホールの外に出られる。それがわかっているのに、足がもつれる。地面が回る――。

僕は膝からその場に倒れてしまった。立ち上がろうと力を込めても、その力は腕にも脚にも回らずに、ただ涙を押し出すだけだった。これではいけないとわかっているのに、僕は両手で顔を覆って声をあげて泣いた。龍太と、龍太の母親と、龍太の親族に心の中で謝りながら、声をあげて泣き続けた。

ふいに、誰かが僕の両脇を後ろから抱えた。小さな手、弱々しい力。振り向くと、すぐそこに、涙でくしゃくしゃな龍太の母親がいた。僕はすぐに顔を戻してうつむいてしまった。顔を見る資格さえ、僕にはない、と思った。すぐにでも立ち上がって歩き出さなければいけないのに。それがわかっていながら、僕は彼女の手を握り、誓いを破ってしまった。

「ごめんなさい、ごめんなさい、ごめんなさい――」

封を切った口から、蚊の鳴くような小さな声で、同じ言葉が垂れ流れる。逆さまにした瓶からこぼれる水は、瓶に戻すことができない。この言葉をなかったことにはできないのに、止めることができない。

「どうして謝るの？　どうしてあなたが謝らなくちゃいけないの？」

龍太の母親が僕の背中をさすりながら耳元で囁いた。その問いに返す言葉が、僕にあるはずがなかった。「何から説明していいか」ではなく、説明してはいけないことしか、僕と龍太の間にはなかったのだから。僕はただ、止まらない涙と鼻水と一緒に、「ごめんなさい、ごめんなさい」と繰り返すことしかできなかった。

「謝らないで。お願い。謝らないで。だって私、知ってるから。あなたが龍太のこと愛してくれていたこと、私、知ってるから」

空耳かと思うほど、かすかな声だった。驚いて顔を上げる。振り向くと、龍太の母親が泣きながら何度もうなずいていた。

「ね。私、知ってるから。あなたに謝られたら、龍太が一番悲しむから」

周りの誰にも聞き取れないだろう、小さな声で、龍太の母親が僕に語りかけていた。

――母が死んで登校したあの教室で、手に入らない幸せをいつまでも夢に見るより、手に入りそうなほかの幸せをつかむために走ろうと誓った。ずっと、そう思って生きてきた。手に入れたものは確かに僕にとって大切なものばかりだったのに、母の墓や仏壇の前ではずっと謝り続けていた。龍太との付き合いを、母は決して心からは喜んでいないだろうと思っていた。あの世なんてまったく信じていない。声が届かないことも知っている。それなのに僕は、母に対して、謝ること以外の筋の通し方を知らなかった。

『母』からそんなふうに言ってもらえる日が来るなんて、想像もしたことがなかった。想像してはいけないと思っていた。

龍太の母親に答えようと口を開けても、言葉にならない。僕はただ、阿呆《あほう》のように口を開けたまま、何度も首を縦に振りながら泣き続けた。恋人を見送るための場所で、もう、恋人を悼むためだけに涙を流しているのではない自分は、どうしようもなく愚かで不謹慎だと思った。けれど、もう止められない。えぐられた部分を満たしてくれたのは、夢見ることさえ罰当《ばち》たりだと思っていたものだったのだから。

ふたりして支え合うようにして立ち上がるとき、龍太の母親がぐしゃぐしゃの顔のまま囁いた。

「まだ帰らないで。話したいことがたくさんあるの。ね？　お願い、まだ帰らないで」

僕はうなずいて、よろめく足を必死に踏みしめてホールを出た。

涙が乾いた頃、半通夜が終わり、案内された通夜振る舞いの小部屋で、端に座って、抜け殻のようになってお茶を飲んでいると、龍太の母親が入ってきて参列者たちに礼を言って回り始めた。彼女は、僕にも礼を言ったあと、部屋を出るときに僕に目配せをした。周りに気取られないようゆっくりと立ち上がって部屋を出る。しばらくあとをついていくと、葬儀場の外に出た。秋の夜風が泣き疲れてだるくなった体に沁みた。

「今日は来てくれてありがとう」

周りに誰もいないことを確かめた龍太の母親は、普通の声の大きさに戻っていた。

僕は「いいえ……」と言葉を濁して軽く礼をして、焼香のときからずっと訊きたかったことを尋ねた。

「あの……お母さんは、いつから……」

龍太の母親は軽く微笑《ほほえ》みを浮かべているように見えた。

「初めてあなたと会ったとき覚えてる？　新宿駅の……」

「はい……、京王線の改札のところで、僕が山手線のホームに行くのを、お母さんがずっと見送ってくれて……」

「そうそう。でも、あれね、動かなかったのは私じゃないの。龍太のほうだったの。そのときに、なんとなく」

「そうだったんですか……」

「それまでね、龍太って、どことなく思いつめたような顔で仕事に行くことが多かった。あなたと知り合ってからよ、龍太が明るい顔で家を出るようになったのって。あなたからのお魚を嬉しそうに持って帰ってきたり。あんな嬉しそうな顔、あの子が高校を退学してからは一度も見たことがなかった。だから、半年くらい前に訊いたの。『あの人でしょ、あんたの大事な人は』って」

「龍太は、なんて……」

「すごく驚いてね。しばらく答えに詰まってた。だから私、言ったの。『相手が男でも女でもいいじゃない。本当に大事な人ができたんだったら、それが一番じゃない』

って」

「でも……お母さんはそれでよかったんですか」

「……正直に言うとね、最初は……なんて言うのかな……。龍太に確かめるまで、二ヶ月くらい悩んだわ。でもね、やっぱり子供が幸せなら、それでいいのよ。ものすごく考えたけど、私、それしか望むことなかったんだもの。……私がそう言ったら、龍太、うなずいてた。でも不思議ね、龍太もあなたと同じだったわ。泣きながら何度も『ごめんなさい』って言いながらうなずいてたのよ。子供にそんなふうに謝られたら、母親なんて、つらくなるだけなのにね」

その言葉が終わらないうちに涙があふれた。僕は両手で顔を覆って、声を殺して泣き続けた。龍太の母親の手が僕の肩や背中を優しくさするたび、涙は増えていった。

僕の背中をさすり続けながら、龍太の母親が言う。

「あの子もいろいろ抱えてたと思う。それからしばらくして、龍太がぽつんと言ったのよ。『浩輔さんに救ってもらった』って。『母さん、地獄ばかりじゃなかったよ』って。本当にありがとう。ありがとうね」

僕は両手で覆ったままの顔を左右に振って、絞り出すように、「僕は何もしてないです。なんにもできてないです」と言うことしかできなかった。

三年前、「僕なら龍太を救えるかもしれない」などと、傲慢極まりないことを考えて、龍太が働くあの部屋に行った。そして今、救われたのは僕のほうだった。龍太とこの人に、救われていたのは僕のほうだった。

「この通夜が終わったら、すべてを終わりにする」と誓っていたことを、僕は忘れてしまった。龍太の母親の手をとり、

「お母さん、またお家《うち》にお邪魔してもいいですか？」

と僕は尋ねた。彼女は泣き笑いの顔で、

「もちろんよ。だってあなた以外、龍太のことを話せる人、いないもの」

と、僕の手を握り返した。僕はそのまま、深々と頭を下げた。

風が涙を乾かしていくごとに、夜の冷気が忍び寄る。細く小さくしわだらけの龍太の母親の手は、すでに僕よりもだいぶ冷たくなっていた。僕はその手を自分の手で包み込むようにしてさすった。温かみが戻り、初めてお互い笑顔になってから、僕はタクシーに乗り込んだ。車が走り出してしばらくして振り返ると、龍太の母親は同じ場所に立ったまま、こちらを見ていた。

フォアグラは、ガチョウに無理やりトウモロコシを食べさせて、その肝臓にたっぷり脂を溜め込ませることで作る。そんなことはたいていの人が知っているだろうけれど、味を高めたいのなら、ガチョウの喉をこじ開けて強制的に餌を食べさせている間、ガチョウの喉を優しくさすってあげたり絶えず話しかけてあげることが必要だ、と数年前に知ったときには驚いた。愛情があるんだかないんだか、わかったもんじゃない。

龍太が亡くなった報せを受けてから通夜の直前まで、僕が食事をするときには必ず恒二と千秋が前に座っていた。ふたりが皿に二口、三口の食べ物をよそってよこし、それを僕が十分もかけてお腹に収めたのを見るや、即座に、空になったお皿にふたりが同じだけの分量をよそう――。わんこイタリアン、わんこちゃんこ、わんこカナッペ……全部そのときに初めて経験したけれど、ふたりに向かって、

「人間でフォアグラ作るつもり？」

と苦笑したのが、あの報せを聞いてから初めて笑った経験だったのを、通夜の数日後に思い出した。そして、僕が食べている間、ふたりが、事情を知らぬ人が耳にしたらあまりにもとりとめがなくてすぐにでも忘れてしまいそうな、なんの刺激も棘《とげ》もない話を、温かな口調でずっと続けていてくれたことも。あれが愛情でなければ、いったいなんだというのだろう。

愛も優しさも情も、いつも遅れて届く。相手のせいではない。僕の鈍感さの問題だ。龍太が僕に遺したものが愛かどうかはわからない。自分がしてきたことさえ、愛かどうかわからない僕に、そんなことを判断する能力はない。しかし、龍太が遺し、龍太の母親が渡してくれた情が、僕を普通の生活に、もっと正確に言えば、普通の生活をどうにか装える状態に戻してくれたのは確かだ。子供が、薄く印刷された手本の上をなぞって漢字の書き取り練習をするように、僕は仕事をして、食事をして、眠った。そんな日々すら、あの情がなければ手に入らなかった。

龍太の母親に、もう謝らないと約束した。では、謝らない代わりに、僕は何をすればいいのだろう。

通夜から一ヶ月後、龍太の母親を訪ねた。六畳ほどの居間の隅にある、腰くらいの高さの洋服タンスの上に、遺影と骨箱が置かれている。その横に供えられた三輪ほどの小菊は、十一月の西日に半ばしおれていた。高校時代、学校帰りに母の仏花を買ったことは何度もある。田舎の八百屋ではあったが、七、八輪の菊をまとめたものが五百円するかしないかだった。その程度の値段の花を死んだ身内のために買い換えられないことが、どれだけつらいことか。けれど、それを顔に出してしまっては、龍太の母親がますますつらくなるだけだと思い、線香を上げて手を合わせた。

龍太の母親が、火にかけたやかんから急須にお湯を注いでお茶を出した。僕は買ってきたお菓子を出した。

「あら、栗きんとん」

「はい、小布施《おぶせ》の。以前、龍太に持たせた……」

「ええ、覚えてる。私あのとき、一度に三つも四つも食べちゃったわ」

「龍太がメールくれました。『食が細くなってたお袋がたくさん食べて嬉しかった』って」

「それを覚えてて、今日も？」

僕は笑いながらうなずいて、箱から二個を取り出し、

「龍太と三人で栗きんとんを食べるのは初めてですよね」

と、龍太の遺影の前に置いた。

龍太の母親と会話をすることは、僕にとってはリハビリだった。そして願わくば、龍太の母親にとってもそうであってほしかった。だから、堰《せき》を切ったように龍太の思い出話を交わす中で、龍太の母親が、

「龍太が斉藤さんに会うまで、私、龍太によほどつらい思いをさせてたのよね。たぶん、したくない仕事をずっとしていたんじゃないか、って……」

と話し始めたときだけ、息が止まるほど緊張した。神経を集中させ、しかしそれを龍太の母親に悟られないよう、言葉を選んだ。

「僕にも仕事の内容までは話してくれなかったけど、龍太、言ってましたよ。『仕事はきつかったけど、後悔はしてない』って。ずっと、僕が勝手を通してたんです」

龍太の母親は僕の手を握り、「ありがとう」と小さな声でつぶやいた。

龍太の母親が、ふたつ目の栗きんとんに手を伸ばす。

「これ、やっぱり美味しいわ。龍太が亡くなってから、自分から何か食べたいと思っ

たの、はじめて」

「栗、季節ですもんね。あ、お母さん、龍太と一緒に梨狩りやぶどう狩りに行ったこと、あるんですよね。今はお友達と一緒に……」

「そうそう。一昨日かな、友達が電話してくれてね、『気分を変える意味でも、一緒にバス旅行しましょうよ』って誘ってくれたんだけど」

「いいじゃないですか。お友達、医療関係の方ですよね。龍太がそう言ってました。日帰りなら、体力的にも……」

龍太の母親は曖昧に笑って、「あ、お茶、おかわり出しますね」と、キッチンに行き、再びやかんを火にかけた。

話が途切れると、テレビもついていない室内に、コンロの炎が立つ音だけが響く。夕方の六時前、窓の外は灰色がかった紫に色を変えていた。それでも、龍太の母親は電灯のスイッチを入れることはなかった。三人でテーブルを初めて囲んだ、あの素晴らしい誕生日会を思い出す。龍太の母親は、食後、電気ポットから急須にお湯を注いで、僕にお茶を出してくれていた――。

僕はキッチンの脇の玄関に行き、龍太の母親に話しかけた。

「あの、お母さん。僕、煙草吸うんですよ。龍太はホントにいやがってたんですけどね。もちろん病気のお母さんの前では吸いませんけど、お湯が沸くまで、一本だけ、外で吸ってもいいですか？」

龍太の母親は「ええ」と笑いかけた。僕は笑顔を返しながら、

「煙草切らしちゃってたんで、ちょっとコンビニに行ってきます」

と靴を履いた。

アパートから歩いて一分のところにあるコンビニで茶封筒を買い、キャッシュディスペンサーで三十万円おろし、札を茶封筒の中に入れて、それをジャケットの胸ポケットに入れた。すぐに家に戻る。

扉を開けると、龍太の母親はキッチンから居間に戻っていた。合板の低いテーブルの上で、新しいお茶が湯気を立てていた。

向かい合わせに座ると、龍太の母親が、「立ち入ったこと、訊いていい？」と前置きをして、尋ねた。

「確か斉藤さんのお母様は……」

「はい。僕が十四歳のときに」

龍太の母親の視線が、僕の肩のあたりを通って、どこか遠いところを見るようになる。

「そう……。私ね、母とは三歳のときに死に別れ。だから、あまり母親との記憶がないのよね。龍太を産んで、自分なりに必死に育ててきたつもりだけど、自分が母親との記憶がないせいかしら……、『母親として、ここまで子供に迷惑かけていいものか』って、ずっと思ってきたのよ」

龍太の母親は、深呼吸して、僕をまっすぐに見て、続けた。

「龍太、何か言ってなかった？　私のこと、どんなふうに言っていた？　お願い、正直に答えてほしいの」

ふいに、母が遺した手紙の文字が頭に浮かび上がってきた。

ごめんなさい。本当にごめんなさい。

涙が出そうになるのを必死で抑える。この人、僕の母と同じじゃないか。長患いをしていることだけじゃない。誰にも彼にも、自分の体の弱さを謝り続けるところまで、寸分違わず同じじゃないか。

　僕は右手を伸ばし、テーブルの上で重ねられた龍太の母親の両手の上に置いた。

「龍太、言ってました。自分の母親に『ごめん』って言われるのが、一番つらい、って。僕も、母にそう思われるのは何より悲しかった。お互いにそう思ってたことがわかったとき、僕、龍太のことは、恋人というより、双子の弟のような感じがしました」

　龍太の母は、「そう……そうなの……」と言い、静かに泣き出した。僕が手をどけなければ彼女は涙を拭けないことを知っていて、僕はもう一方の手を伸ばし、龍太の母親の両手を包み込んで、さすり続けた。涙を拭けないのは、僕も同じだった。

　外はとっぷり暮れてしまった。僕には、帰る前にすべきことがひとつあった。涙を拭いて笑い合い、龍太の母親に暇《いとま》を告げる。つないだ手を離し、そのまま内ポケットから封筒を取り出し、ふたりの間に置いた。

「これは……？」

　と、龍太の母親が尋ねる。僕は、言葉を切り出しかねて、封筒を龍太の母親に握らせる。

龍太の母親は、封筒の口をちらりと見て、すぐに顔色を変え、

「そんな、いけません」

と、封筒を僕のほうに押し戻した。

僕は崩していた足を正座に戻し、龍太の母親に向き直った。

「お母さん。龍太もお母さんのために努力していたし、僕もそんな龍太を応援していました。龍太がいなくなった今、僕がお母さんの応援をしちゃいけませんか？　恋人というよりは弟のように思っていた人間がいなくなった今、兄がその代わりをしたいと思うのは、いけませんか？」

ずっとうつむいたままの龍太の母親に向かって、僕は言葉をつなげていく。

「正直に言います。この三年、龍太をこういうふうに応援してきました。ここまでの額じゃないですけど」

龍太の母親が驚いて顔を上げた。僕は両手を床について、ひと言ひと言、区切るように話す。

「龍太から持ちかけられたんじゃありません。僕から言い出したことなんです。無茶な仕事続けるくらいなら、一緒に頑張ろう、って。龍太がいなくなったからって、何

もかもなかったことになんて、できない。だってまだ、お母さんがいるから。ここにいるから」

龍太の母親は僕を見つめて、さらさらと涙を流している。

「お母さんはさっき、『親としてどうするべきかわからなかった』と言いましたけど、僕だってこの先、親になることはないからわかりません。それに僕、輪をかけて物知らずだから、こういうときにお金を出すことしか知りません。でも、僕は龍太の代わりができて、ちょっと嬉しい。お母さんも、友達とバス旅行に行けて、ちょっとの間、食べることができて助かる。それでいいじゃないですか。言い方悪いけど似た者同士、『ちょっと』ってもんをつなげていけばいいじゃないですか」

そこまで言ったとき、龍太の母親がようやく封筒を両手で押しいただいて、

「ごめんなさい。ごめんなさいね」

と言った。僕はすぐに、

「龍太も僕も、母親に『ごめん』って言われるの、つらかった、って言ったでしょう」

と、可能な限り冗談っぽく言った。龍太の母親は、

「そうね。もう謝らない。ありがとう。本当にありがとう」
と、涙の上から笑った。

納骨の法要は遠慮した。龍太の母親は「ぜひ」と呼んでくれていたが、仕事が入っていたし、身内でもない人間がひとりだけ顔を出しているのをほかの親族に見咎められるのも気が進まなかった。納骨の二週間後、龍太の母親に案内されて墓に行き、線香を上げた。ふたりで龍太のアパートに戻ると、灯りのついた部屋の下で、彼女が、バス旅行の土産と言って、寄木細工を模した携帯電話のストラップと、錆朱色の塗り箸をくれた。納骨のあと、友人と連れだって出かけた、と言う。すでに仕上がっていた写真を見せてもらうと、同い年くらいの女の人ふたりに囲まれて、龍太の母親は、笑っていた。心からの笑顔ではないかもしれないけれど、確かに笑っていた。僕はそれを見て、彼女に気づかれないよう安堵の吐息を漏らし、その場でストラップを付け替えた。

今、ストラップはすっかりちぎれてしまったが、僕は、まだ、買い換える予定を立てられない。

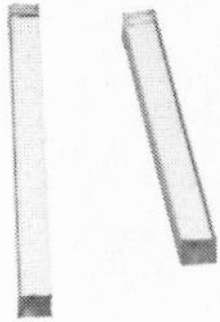

二ヶ月に一度、二十万円ほどの金を渡す。月に一、二度、一緒に食事を作り、龍太の分をよそって食卓に置いてから、一緒に食べる。お茶を飲みながら龍太の思い出を語り合う。それで充分だと思った。

コンビニや書店のレジで財布の中身をぶちまけてしまうことが増えた。そのたびに、何かあるごとに小銭を床に落としていた龍太がよみがえる。思い出せば泣きたくなるか吐きたくなるかのどちらかに決まっているのに、僕は財布を開くときに必ず起こるようになった指の震えを抑えることができない。床に這いつくばって散らばった小銭を拾い、手伝ってくれた人たちに礼を言い、早足でトイレに駆け込む。僕は、外のトイレの個室などで泣く人間になってしまった。

けれど、龍太の母親と会うと、しばらくは、人前で涙が押し出されるようなことも

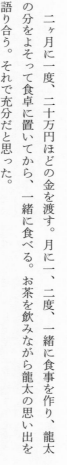

なくなる。飲めもしない強い酒で安定剤を流し込むような真似をしなくても、眠ることができた。自惚れなのは百も承知で、龍太の母親も同じだと僕は信じた。

食後の会話がひと段落すると、僕は龍太の母親を休ませて、食器を洗うのが常だった。洗い終わって換気扇をつけ、その下で煙草を取り出し、二、三本吸ってから様子をうかがうと、もう軽い寝息を立てている。普段はよほど眠りが浅いに違いない。忍び足で近づいて脇に座り、薄紫からチャコール、そして墨色へと変わる窓の外を見ながら寝息を聞いているうちに、僕の視界もだんだんに輪郭をなくしてゆく。次に気づいたとき、僕は布団の横に寝そべっていた。

目覚めると、終電が出たあとだったこともある。気づいた龍太の母親が布団を勧める。礼を言って押入れから布団と枕を取り出し、灯りを消して床につくと、まだかすかに残っている龍太の匂いに今度は朝まで眠れなくなった。悲しいのか懐かしいのかわからないまま、必死で声を殺して、泣き続けた。ただ、それは、龍太が死んでから洗えなくなった自分の部屋の枕カバーに顔をうずめて泣くときより、はるかに甘い涙だった。

龍太が死んで十ヶ月が経った二〇〇八年の夏、龍太の母親に一緒に暮らすことを持ちかけたのは、何も大それた気持ちからのものではなく、単に貯金が底をついてきたからだった。ふたりで別々に暮らすより、ひとつの部屋に住んだほうが出ていく金は少なくなるから。もちろん、そんなことはおくびにも出さず、

「何かあったとき、近くに人がいたほうがいいでしょう」

と誘ったが、龍太の母親は、僕からの申し出に何度も礼を言いながら、しかし、

「これ以上のことをしていただいたら罰《ばち》が当たる」と言い続けた。

「罰だなんて思わないでください。そんなふうに言われたら、本当につらいから……」

「ごめんなさい……。でも……、そうとしか言えないの」

「そうとしか言えないなんて、いやだ。ちゃんと僕がわかる言葉にしてください」

食い下がる僕に、龍太の母親が黙り込む。部屋の中は、回り続ける扇風機と、空気を震わすぬるい風の音と、網戸を突き破って飛び込む蝉の声だけになる。

しばらくの沈黙のあと、龍太の母親が、僕から顔をそらしたまま、消え入るような声で言った。

「一度でいいの。私のわがまま、きいて……」

僕は驚きで言葉を失った。蟬時雨が何倍にもなって頭の中で鳴り響く。

確かに僕は自分が救われたくて、たびたびこの部屋を訪ねていた。それでも、「龍太の母親も少しは僕に救われているのだ」と、このときまで信じていた。

龍太の母親は、阿呆のように崩れて座ったままの僕に向き直り、頭を床に擦りつけるほどの礼をしながらではあったが、「お金のことも、もう気にしないで」と言った。

追い討ちだった。僕は猛烈な寂しさに襲われ、そして、そんな自分にひどく驚いた。彼女の子供になりたいとか龍太の代わりを完璧に演じたいとか、そんなことを願っていたわけではない。ずっとそう思ってきたのに、一緒に住むことも金を出し続けることも拒まれて、僕は、自分が龍太の母親の世界から完全に追い出されたように感じた。

返す言葉も見つからず、僕はのろのろと立ち上がり、玄関で靴を履く。挨拶さえもせずに外に出ると、うんざりするほどの蟬時雨がすべての力を奪いにかかる。必死の思いでアパートが見えなくなる角を曲がる。バス停までは五分も歩けば着くのに、僕は見知らぬ家のコンクリートの塀を背にへたり込んだ。Tシャツの背中越しに痛いほどの熱が伝わり、僕は見る間に汗だくになった。煙草に火をつけて考えをまとめようとしたが、目がしみるのは煙のせいなのか汗のせいなのか、それとも違う水分のせいなのか、そのことばかりが気になって途方に暮れる。僕は日が落ちるまでそこに座り続け、結局、ひどい頭痛で数日を過ごすことになった。いじましいと知りつつも、それからしばらくアパートを訪れることはおろか、電話すらできなかった。

どんな美辞麗句を並べ立てても、僕が決して彼女のためだけに金を出していたわけではないのは明らかだ。龍太に対しても、そうだった。僕は龍太を金で買ったし、龍太の母親との時間を金で買っていた。それを契約と呼ぶ人がいても、なんの不思議もない。

人がひとり死んだあとでも、なお、僕は大事な人に同じようなことしかできない。なんの成長もなく、なんの工夫もせず、新しいものを何も見つけないまま、同じ場所を同じ角度で力任せに掘り続ける。僕は、単純な工作しかできない安物のドリルのような人間だ。こんな行動が愛であるはずがない。自分のしていることを「愛」と表現するのになんのためらいもない人と、僕は、違う世界に住んでいるような気がする。

僕が持ちかけた契約に、龍太は乗って、死に、龍太の母親は途中で降りた。そういうことだ。もともと龍太の葬儀に出たところで何もかも終わらせるつもりの関係だった。それがここまで続いただけでも、できすぎだったくらいじゃないか。もう、いいや。これからは、自分のためだけに金を遣おう。

表参道ヒルズでジーンズやTシャツを買う。しばらく訪れていなかったお気に入りのレストランに行く。友人と台湾に旅行する。けれど、そのすべてが、龍太と出会う前とは比べものにならないほど単調な楽しみに変貌《へんぼう》していた。夏は、ただただ長かった。

九月の終わりに龍太の母親から連絡があり、十月の命日に一緒に墓参りに行こうと誘われたとき、急に視界に色が差したような気がした。彼女の声が意外なほど朗らかだったのも嬉しかった。十月の半ば、墓参りを終えて一緒にアパートに戻ると、龍太の母親は、洋服タンスの上の龍太の写真を居間のテーブルに置き、「話がある」と、僕を座らせた。龍太の母親は正座をし、

「龍太のこともだけど、私も、今まで、本当にありがとうございました」

と、深く頭を下げ、

「あのね、この間、『お金のことはもう気にしないで』って言ったでしょ」

と言った。僕がうなずくのを見て、龍太の母親が続ける。

「ずっと申請していたのだけれど、先月、生活保護が認められたの。医療費がかからないようになったのよ。自立……って言ったらおかしいわね、国に面倒見てもらってるんだもの。でも、これでようやく、あなたからは自立できる。あなたとの決め事だから、私もあなたに謝らないって決めてたんだけど、一度だけ。今まで本当に迷惑のかけ通しでした。ごめんなさい。そして、改めて、本当にありがとう」

肩の力が抜けて、泥のようになる。「そうだったんですか……」と言ったきり、言葉が続かない。呆けたような表情になっているはずの僕の顔を見て、龍太の母親が「どうしたの？」と訊きながらころころと笑い出した。

「いや……『お金はもういい』って言われたとき、実はちょっと落ち込んでて」

「ええ？　どうして？」

「僕の助けはいらない、っていうより、むしろすごく迷惑だったのかな、って一瞬、思ったから……」

僕の返答に、龍太の母親は笑うのをやめて、まっすぐ僕を見つめた。

「お願い、そういうこと、二度と言わないで。私は、あなたのことが大好き。あなたが、龍太と、勘違いでなければ、私のことも愛してくれていたこと、よく知ってる。でも、もう甘えるわけにはいかないって思ったのよ」

「愛じゃないですよ。っていうか、僕、愛がなんなのか、よくわからないですもん」

「ううん。あなたがわからなくてもいいの。私はね、私たちが受け取ったものが愛だったと思ってる。それでいいじゃない？」

「うん。ありがとう」

「私も。ありがとう」

しばらくお茶を飲んで話したあと、僕は本当に久しぶりに、ひとりで料理を作った。

龍太の母親は「一緒に作ろう」と言ったが、母が死んだあと父に作っていたように、どうしても自分だけで作りたくなったのだ。龍太の好物だった鶏の唐揚げを作るため、もも肉におろし生姜《しょうが》をすり込み、醬油と酒を合わせたものに漬け込んで、ちょうど切らしていた片栗粉を、龍太の母親と一緒に買いに行く。スーパーまでの道を、色づく木々と空の高さを確かめながら、ゆっくりゆっくり歩いた。家に戻って、青梗菜《チンゲンサイ》と椎《しい》茸《たけ》のスープを作る。龍太の母親には唐揚げではなく、照り焼きを作る。すべてが出来上がった食卓に写真立てを運ぶ。湯気と会話の中、写真立ての龍太はずっと笑っていた。

それから週末になると、僕は必ずアパートを訪れ、一緒に墓参りをしたあと、包丁を握った。料理上手な龍太の母親の口に合ったとは思えない。けれど、「食べたいものって、自分で作るしかなかったのよ。こんなの、いつ以来かしら」と声を弾ませる彼女の前に、五目ひじきやけんちん汁を並べるのは楽しかった。

食事のあとで、幼い龍太の写真を見せてもらいながら、昔の話を聞く。話は自然と、龍太のことだけでなく、その頃の彼女自身のことにも広がった。その中で僕が一番笑ったのは、龍太にまつわることではなく、当時まだ籍を入れていた夫への、口を極めた悪口だった。彼女は元の夫を「あれ」と呼び、「あれ」がどれだけけろくでなしだったのか、女優が十八番《おはこ》としている舞台の長台詞を披露するような調子でまくしたてた。

「家でも本当になんにもしない人だった。まだ大病する前、龍太が中学に上がったばかりの頃、私、風邪で寝込んだことがあったの。生まれて初めて、熱が四十度超えちゃって。布団の中でもうろうとしていたら、あれが枕元にやってきてね。私の体を気遣うのかと思ったら、『飯はまだか』ですって。怒ろうにもそんな元気ないし、だいたい声すら出せないのよ。それくらい見ればわかりそうなもんなのに、『聞こえなかったのか。飯はまだか』って怒鳴るわけ。龍太が中学に上がる前の夏には、家に女を連れ込んでいたときもあった。『龍太に見られたら、って考えなかったの⁉』って怒ったら、『あいつは林間学校だろ。知ってんだ』ですって。結局はその女と駆け落ちみたいな形で出ていったんだけど、私、その人には感謝してるくらい。あんな疫病神引き取ってくれたんだもの。でもね、何年かあと、電話があったのよ。お金の無心。『私だって体を壊して、今は龍太が働いてるのよ！　どの面下げて電話できんのよ！』って怒鳴ったら、今度は龍太の稼ぎをあてにするようなことを言い出して。私、あのときほど怒ったこと、ないわ。電話を叩き切ったのも、あのときが初めて。ほんと、あれに感謝していることといえば、龍太を授かったことくらい」

話に割って入ることもできず、どこで笑い声を立てていいかも計りかね、必死で唇を嚙み締める僕を見て、龍太の母親は、さっと申し訳なさそうな顔つきになり、

「ごめんなさい」

と言った。

「え？　何がですか？」

「だって……こんな話、聞かせちゃって……」

僕はようやく笑い声を立てる。しばらく止まらなかった。

「全然。むしろちょっと安心しました。なんか、生き生きしてましたよ」

「もう。恥ずかしいわ。こんなことで生き生きするなんて。斉藤さんのご両親は仲よかったんでしょう？」

「そうなんですけど、友人には離婚した人間もたくさんいますよ。彼らには彼らなりの事情があったのも知ってる。それに、僕の母だって気持ちが爆発したことはあったし、それを父にもぶつけてました。でも、そのことを父から聞いたのは、ごく最近。子供だった僕は、蚊帳《かや》の外だった。だから、不謹慎かもしれないけど、今、ちょっと嬉しい。そういうことも話してくれるんだな、って。こういうことって、龍太には絶対に話せなかったでしょう？」

「ええ。でも不思議。どうして斉藤さんには話せたのかしら」

「ははは。それにさっきお母さん言ってたじゃないですか。元気じゃないと怒ることもできないって。今日はすごく元気だ」

「そうね。本当ね」

僕らはそのまま、しばらく笑い続けた。

アパートの近くからバスに乗り、北野駅までの道すがら、こんな日々がずっと続けばいいと思った。そう思えば叶うと思い、ほとんど祈った。

十二月の終わり、実家に戻って、母親の墓を使い古したタオルで磨いているとき、携帯電話のメモリーに入れていない人から連絡が入った。「中村妙子《たえこ》の姪《めい》」と名乗ったその人が、龍太の母親の入院を知らせた。

12

知識があることが幸せだとは限らない。僕の母は、病気になってすぐ、自分の病気のことが書かれた本を読むようになった。自分の病気が進行するより早く、自分の病気が進行したらどうなるかを知っていた。でなければ、あんな手紙は遺さないだろう。あの手紙を、泣きながら書いたのだろうか。絶望と恐怖にうちひしがれながらだろうか。それとも、自分の運命を呪いながらだろうか。

帰省を終え、病院に行くと、六人部屋の奥に、点滴を腕に通された龍太の母親がいた。僕に気づいて顔をほころばせた龍太の母親が、付き添いの女性に、

「こちらが、龍太と私が本当にお世話になった人」

と僕を紹介する。その人は柴田と名乗り、「年の瀬のお忙しい時期にお電話してしまって失礼しました」とお辞儀をした。

ちょうど昼時で、看護師が昼食を運んできた。僕は柴田さんに「僕がついていますから、お昼をどうぞ」と申し出た。

柴田さんが部屋を出ていくのを見計らって、僕は龍太の母親の手を握ったが、言うべき言葉が見つからない。しばらくののち、龍太の母親が、

「あなたには心配かけたり驚かせたり、そんなのばっかりねえ」

と微笑んだ。どう返していいかもわからず、僕は手をつないだまま、さっきまで柴田さんが座っていた椅子に腰を下ろした。

「あんたの息子さんかい?」

向かいのベッドで、ヘッドボードを背にして食事をしていた八十歳くらいの老婆が声をかけてきた。老婆に付き添っていた女性が「すいません」と頭を下げる。龍太の母親は、「いいえ」と付き添いの女性に言ってから、

「私の息子が一番お世話になった人ですよ」

と、やや大きめの声で言った。付き添いの女性が花の水を取り替えるために部屋を出たとき、その人はもう一度、「あんたの息子さんかい?」と訊いてきた。龍太の母親は、同じ返答をした。僕はようやく、龍太の母親と一緒に笑うことができた。龍太

の母親が僕の顔を見て、息をつく。

「ああ、よかった。あなたがあまりに思いつめた顔をしてたから」

「だって……びっくりしますよ」

「でもね、私はよかったと思ってるの。あなたに助けてもらってたときに、こんなふうにならなくて」

僕は「そんな……」と言ったきり、また言葉に詰まってしまった。

目がしみるような消毒薬の匂いですべての生々しい匂いを抑え込んだ、病院の空気。いつまでたっても、この匂いには慣れない。もっと白かったはずのこの壁紙も、匂いによって変色したのだろうか。匂いによって、ところどころはがれかけているのだろうか。

手をつないだまま窓の外を見ると、葉のすっかり落ちた木の枝々が強い風に揺れている。時々、木と一緒に、窓が枠ごと揺れた。古い病院だった。

僕は思い切って尋ねた。

「お母さん、もしかして、入院するって知ってて、生活保護の申請を……?」

龍太の母親は目を閉じ、口元を緩めた。

「いつ入院するか、なんてことまではさすがにわからなかったけど、十年近く患っていれば、自分の体のことはだいたい、ね……」

僕は目をつむって、龍太の母親の手を強く握った。この人も、知っていた。

「でもね、あのままだったら、あなたは絶対、どんな無理をしてでも私の面倒を見ようとしたと思う。それはいやだったの」

ここで「そんなことない」と言っても「甘えてくれれば」と言っても、龍太の母親には負担になるだけだろう。僕はただ、「そうだったんですか」とつぶやいて、もう一方の手で龍太の母の手を包んだ。

柴田さんと向かいの老婆の付き添いの女性は、ほぼ同じ時刻に戻ってきた。僕はつないだ手を離し、誰に聞かれても困らないあたりさわりのない会話をし、また来ることを約束して病室を出た。

知識があることが幸せだとは限らない。僕は自分の母親が死んでいく日々をこの目で見てきた。母は、最後の入院をする三日前まで、台所に立っていた。入院してから十日ほどは、いつ見舞いに行っても朗らかだった。そこから、鼻に通すチューブや、心電図や血圧が表示されるバイタルモニターや、ベッドの脇にくくりつけられた採尿バッグや、酸素マスクなど、それまで一度も見たことがなかったものが次々に現れた。腕に点滴を通せなくなったら、足の指先に針を通すのだと、僕はそのとき初めて知った。母は結局、病院で四十日過ごしただけだった。

龍太の母親の見舞いに行くたび、見覚えのあるものがひとつずつ増えていく。向かいの老婆の「あんたの息子さんかい？」という問いに答える声が、階段を下るように小さくなっていく。点滴も、ついに足の指に刺さった。僕は平静を装うことに全力をあげる。

「元気になったら、鰻、食べに行きましょう。お母さん、魚、好きでしょう？　美味しい店が江戸川橋にあるんです。龍太とも一度行ったんですよ」

「あ、それ、龍太が言ってた。本当に嬉しそうに話してた。白焼きっていうのがすげえ旨いんだよ、なんて」

「そう。本当に白焼きは絶品中の絶品。口の中で、身が淡雪のように消えるんだ。脂も乗っててね。だから元気になってもらわなきゃ。約束ですよ」

汗を拭き、吸い飲みに湯冷ましを入れて飲ませ、手をさすって、話しかける。母にしていたこととまったく同じだ。ただ、あのときと違うのは、僕は、約束が果たされることはたぶんないだろうと思っている、ということだ。

　また来ると言い、タクシーの待つ病室の玄関へと向かう僕に、柴田さんが見送りを申し出てくれた。一階の外来受付まで来たとき、僕は思い切って柴田さんに話しかけた。

「あの……、僕、十四歳のときに母を癌で亡くしてまして、最後の入院をずっと見てきたんですけど……。こういったことを申し上げるのはとんでもないこととわかっているんですが……中村くんのお母様、あまりよくないんですね」

　柴田さんは沈痛な表情でうなずいて、

「入院時に、お医者さんからステージ4だと言われました」

　と言った。

　予期していた答えなのに、絶句してしまう。しばらく立ちすくんだあと、ようやく柴田さんに、

「これからもお見舞いにお邪魔してもよろしいですか？」

　と尋ねた。柴田さんは、

「ええ、是非。斉藤さんがいらしてくださった日は、おばも顔色がよくなるんです。

身内なのに申し訳ないんですが、私も子供が小さいもので、ずっとついていることが難しい日もありまして……」

と頭を下げた。僕も深くお辞儀を返し、迎車のランプをつけて停まっているタクシーに向かった。

時間がない……時間がない！

13

翌週の土曜日、昼前に病院に向かった。京王線に乗る前に柴田さんに電話をすると、柴田さんは、子供の用事で今日だけはどうしても病院に行けない、と僕に何度も詫びた。むしろ僕にはありがたかった。誰にも邪魔されず話すチャンスが、たった一度でもできた、ということだから。

病室に入ると、龍太の母親は酸素マスクをはめられていた。強い痛み止めが効いているのだろうか、眠っている。酸素マスクのおかげか、規則正しく、しかしかなり激しく胸が上下している。僕は傍らの椅子に腰を下ろし、龍太の母親の顔をずっと見ていた。

「あんた、息子さんかい？」

向かいの老婆が声をかけてきた。今日は付き添いの人もいないようだ。僕は笑顔を返し、首を軽く左右に振った。

病室は六人部屋だが、いつしか患者はふたり減っていた。三つずつ二列に並べられたベッドの、真ん中がそれぞれ空いていた。「話し声は迷惑にならないだろう」と思ったが、眠り続ける龍太の母親に声をかけることはどうしてもできなかった。バイタルモニターの電子音だけが静かに響く。

一時間ほどで、龍太の母親がゆっくり目覚めた。

「あ……」

と言い、薄目を開けた状態のまま、僕に笑いかけながら手を伸ばす。僕はその手をとった。小さくてしわだらけで弱々しい、かさかさの手だった。あと何日もしないうちに、いなくなってしまう人の手だった。

「来てくれたのね」

「はい」

「嬉しいわ。ありがとう」

龍太の母親は、もう一度、「ありがとう」と言い、僕の手を握り返した。力はほとんど、残っていなかった。

涙がこぼれ落ちないよう、頬の内側を強く噛む。龍太の母親の目はかすかに開いているだけなのに、視力を失っていたのは僕のほうだった。

「浩輔さんは、出身、地方？」

「うん。ど田舎。だけどお母さん、あまりしゃべったら……」

「いいの。わがまま言わせて……。あなたと話したいこと、まだまだ、たくさんあるから。ね……？」

「……はい」

僕は、龍太の母親の顔に最も近くなるよう椅子をずらした。

「東京に出てくるきっかけって……？」

と龍太の母親が尋ねる。

「……ひとつには絞れないんですが……」

と言いかけたところで、龍太の母親が、「お願い」と、言葉をさえぎった。

「他人行儀は、いや。……龍太が私に話していたように……あなたが自分のお母様に話していたように……」

僕は龍太の母親の手を握り返して、続けた。

「ひとつには絞れないよ。でもね、母が亡くなったとき、学校で、クラスメイトが母のことを小馬鹿にするようなことを言ったんだ。それが一番大きいかもしれない。こんなやつらと一生、顔を突き合わせて生きていくのは死ぬよりひどいことだと思ったんだ。だから、東京に出てきたんだよ。夢とか野望なんてなかった。ただ逃げたいだけで、こっちに出てきたんだ」

「そう……。つらいこと話させちゃったわ……」

「いいよ、気にしないで。だって、東京に出てきてよかったな、って思うことばっかりだもん。結婚もしないで生きている親不孝は申し訳ないな、と思ってるし、クラスメイトのことは、いまだに許してないけどね」

ぼんやりとした視界の中で、龍太の母親がかすかに笑ったような気がした。

「そうね……。私だって、もうこんななのに、許してない人、たくさんいる……」

数分ののち、龍太の母親が再び口を開いた。

「でもね……、あなたは怒るかもしれないけど……私、そのクラスメイトに少し感謝してる……。だって、その子たちがいなかったら、龍太、あなたに会えてないもの……。私もあなたに会えなかったもの……。だからね……、許さなくてもいいけど……そんな必要ないけど……、今日からは、もっと、力を抜いていいのよ……」

我慢は、決壊した。涙があふれる。薄目のままの龍太の母親に、せめて声だけは聞こえないよう、必死で呼吸を抑え、大きくうなずいた。

向かいの老婆が、「あんたの息子さんかい？」と大きな声で訊いてきた。龍太の母親は、

「この人は息子が……」

と言ったところでしばらく言葉を止め、声を振り絞るようにして、

「そう、息子なの……。私の息子なの……。私の大事な息子なの」

と続けた。さらに大きな嗚咽の波が来そうで、僕はつないでいないほうの手で自分の口を捻り上げるようにつかんだ。

ねえ、逆だよ。励ますのも救うのも、本当だったら僕の役目なんだよ。

わかっているのに、口を開けば、何かを言う前に泣き叫んでしまいそうで、捻り上げた手を離すことができなかった。

母は、しばらくうとうとし始め、僕の涙がひいた頃、再び薄目を開けて口を開いた。

「ねえ、バス旅行に行ったときのお土産……」

「うん」

　僕は母の手を握ったまま、もう一方の手でポケットをまさぐり、携帯電話を取り出して、母の顔のすぐ前に持っていく。

「そう。あと、あの……」

「塗り箸。家で使ってるよ。すげえ嬉しかった。ありがとね」

「おかしいでしょ……。男の人に、あんな色の箸……」

「ううん。好きな色だよ」

「あれを選んでるとき……母親への土産を選んでいるみたいだった……。私、母親にプレゼントをしたことってなかったから……」

「いいよ。どう思ってくれてもいいよ。ついてないもんがついてる、年下のヘンなお母ちゃんだけど、どう思ってくれても、嬉しい。本当に嬉しいよ」

「別れた亭主のこと……あなたの前で話したあと……思ったの……。私、別れたあと……戻れる家も……聞いてくれる母親もいなかった、って……」

　龍太の母親に見えるよう大きくうなずく僕に、龍太の母親がうなずき返す。

「あなたは龍太の恋人だけど……、龍太も、母親に甘えるように……あなたに甘えてたんじゃないかな、って思ってた……」

「それでいいじゃん。自分の母ちゃんのために、望んで頑張ってた男に、たまにはご褒美も必要だよ」

「ありがとう……。私もずいぶん甘えちゃった……。つらいのはあなただって同じなのにね……」

「いいよ、もう。龍太には母親がふたりいた、ってことでいいじゃん」

「ありがとう……。私にも、ふたりいたのね」

「僕にも、だよ」

しばらく、母は、僕の手を何度も握り返した。力のないその手が痛くならないよう、僕も加減をして握り返す。

何十分、そうしていただろうか、突然、母が苦しそうな声をあげた。握る力が強すぎたのか、それとも……。滝のような汗が一瞬にして全身から噴き出たような思いで僕は手を離し、ナースコールに手を伸ばしかけた。

「違う……」

母がうめき声の中からつぶやく。僕はその口元に耳を近づける。

「違う……。悔しい。だって、終わっちゃう……。もうすぐあなたと終わっちゃう……」

もう涙も出ないほど消耗しきっているのだ。それなのに、母は、ずっと僕を励まし、救うために言葉を紡いできた。僕は、それをただ受け取るための言葉しか紡いでこなかった。

時間がない……。時間がない！

僕は母の右手を両手で包み込み、床に膝をつき、その耳元に口を寄せ、言った。

「終わりじゃない。終わりじゃないから！　これから始まるから！　だって、あっちで龍太が待ってるんだよ。あっちは、苦しいこととか、全部、ないんだって。今までしてきた苦労とか、全部、消えちゃうんだって。ね？　ようやく龍太と楽しく過ごせるじゃん。これから始まるんじゃん」

僕は包み込んだ手をさすりながら、しゃくりあげるのも構わずに続ける。

「龍太だけじゃないよ。あっちには、僕のもうひとりの母親もいる。斉藤しず子っていう人が、先にのんびりやってるはずだから。……探して。お願い、斉藤しず子って名前の人を、龍太と探して。そういう名前の人がいたら、『浩輔って名前の息子はいましたか？』って尋ねて。その人が『いた』って言ったら、しばらく三人でのんびり過ごしててよ。僕もあとから行くから。そしたら、みんなそろうじゃない。そんな楽しいことが、これから始まるんじゃない！」

すべて作り事だった。僕はあの世なんてこれっぽっちも信じていなかった。流れる涙は本当なのに、これが本当に最後かもしれないのに、口からすらすら出てきた言葉に、何ひとつ〝本当〟はなかった。でも、それ以外の励ましがどうしても思いつかない。

思いつかないから、しょうがない。そう思いながらも、申し訳なさで、顔を上げられない。目の前の母の顔が見られない。

ふいに、枕元から、

「そうね……」

と言う声が聞こえてきた。母が、こちらを向いて、笑いかけていた。

「龍太とふたりで……『息子さんにどれだけ救われたかわからない』って……言わなきゃね……。そこから始まるのよね……」

僕はぼろぼろと涙を流しながら、声も出せずに阿呆のように首を縦に振った。

「私からもお願い……」

僕は首を振り続ける。

「私にも……何度も『ごめんなさい』って、言ってた……けど、もう言っちゃだめ……。しず子さんにも、言っちゃだめ……。母親に『ごめんなさい』なんて言わなきゃいけないこと、あなた、何もしてない……。しず子さんだって、絶対、同じ気持ち……。私、わかる……」

実家の母の墓の前で、仏壇で、ずっと謝り続けた記憶がほとばしる。僕は外に声が漏れないよう、ベッドの端に顔をうずめて、うめくように泣いた。うーうーと、ぎゅうぎゅうと、声にならない声を出して、泣き続けた。

僕の言葉が作り事だと、ここにいる母は気づいていたのかもしれない。そうと知って、なおも、僕を救おうと、嘘を演じてくれたのかもしれない。でも、もういい。こうするしかなかった関係で、こう言うしかなかった言葉を言えて、一番欲しかった思いをもらえた。それ以上、何を望もう。

泣きやんで顔を上げると、母はまた眠りについていた。胸元は規則正しく上下し、口元に笑みを浮かべている。外を見ると、日はすっかり落ちていた。夜の冷気が、古い窓枠の隙間を縫って忍び込む。夜に向かうにつれ、もっと寒くなるだろう。少しでも暖をとれれば、と、僕はつないだ手をさすり続けた。

今度、実家の母に手を合わせるとき、「ごめんなさい」以外の言葉だけをつないで語りかけることができるだろうか。二十年以上、変える気のなかった習慣を捨てることができるだろうか。いや、しなければいけないのだ。実家の母が死んだとき、「絶対に生き抜いてみせる」と勝手に約束した気になって、それを勝手に守り続けてきた。目の前にいる母とは、勝手にではなく、ちゃんと約束をしたのだから、ちゃんと守り続けていくんだ。実家の母はどう思うだろう。初めて「ごめんなさい」と口にしなくなった息子をいぶかしく思うだろうか。それとも、目の前の母が以前言ったように、「子供に謝られたら、母親なんて、つらくなるだけ。ようやくわかってくれたのね」と笑うだろうか。——おかしいな。僕はあの世なんて、これっぽっちも信じていないはずなのに——。

ふと見ると、二枚重ねた母の毛布が、足元で少しめくれ、裸足のつま先がのぞいていた。僕は手を離して立ち上がり、ベッドを回り込み、毛布に手を伸ばす。

「まだ帰らないで……」

かすかな声に顔を上げると、母がこちらに薄目を向けていた。僕はうなずいて、心の中で、語りかける。

帰らないよ。まだいる。だって僕と母さんの新しい関係、いま始まったばかりじゃない。これで終わりになっちゃうなんて、寂しすぎるじゃない。

枕元に戻り、母の右手を両手で包み込むと、彼女は、ゆっくりと目を閉じた。

参考文献
『沈める滝』（新潮社／三島由紀夫著）
『ジョヴァンニの部屋』（白水社／ボールドウィン著／大橋吉之輔訳）

あとがき

鈴木亮平

2019年、東京国際映画祭の会場で松永大司監督から「一緒にやりたい企画がある」と声をかけられ、すぐにネットで取り寄せたのが浅田マコト著『エゴイスト』(※)でした。

内容にも強く惹かれましたが、私が最も惹かれたのは浅田マコトという著者その人に対してでした。おそらく自身に起こったであろうこの出来事を、その時の自分の心の動きを、なぜこんなにも客観的に批評できるのだろう。まるで自分を自分で常に分析する癖を持って生きてきた人のようだ。

著者の素顔を知らなければ浩輔を演じてはいけない気がする。

その日から私の浅田マコトを探す旅が始まりました。

やがて分かったのは、これまでは「高山真」というペンネームでエッセイを書いていたこと。フィギュアスケートが好きで羽生結弦選手について書かれた本がベストセラーになったこと。そして残念ながら、『エゴイスト』映画化の知らせを受けることなく他界してしまっていたということ。

ショックを受けたと同時に、この映画が亡くなった彼の生きた証の一つになるのだと考えると、責任がそれまでよりも遥かに重く感じられました。困った。御本人から話を聞けない。許可も得られない。何から手を付ければ良いのか。

まずは「高山真」名義のエッセイ集を取り寄せて読んでみました。すると、そこには確かに母への思い、家族への思い、そしてRと呼ばれる美しい恋人と彼の病身の母への思いがサラリと、しかしとても色濃く描かれていました。高山さんが書かれた当時のエッセイにご興味のある方には、高山真著「愛は毒か　毒が愛か」（講談社）「恋愛がらみ。」（小学館）の二冊をお勧めいたします。

それと同時に、この本に登場される方々を含め、生前の高山氏を知る方々にお会いして話を伺いました。そこで驚いたのは、彼らから聞く高山さんご本人の印象が、この本の浩輔の印象とは少し違うものだったことです。

浩輔という人格は「美化した理想の自分を書いたのだろう」という人も、「本当の自分を書いたのだろう」という人もいました。どちらが正しいのか私には判断する権利はありません。きっとどちらも正しくて、どちらも少し違うのでしょう。

しかし結果的に、そこで知り得たことが映画『エゴイスト』での浩輔のベースとなりました。博識で、繊細で、意地悪で、愛情深くて、そしてなにより強い人。自分の頭と力で道を切り拓いてきた意志の人。

高山真様。必要以上に美化されることはあなたもお望みではないでしょうが、あなたを探す旅を通して私は、すでにあなたを他人とは思えないほど敬愛しているということだけは、この場を借りてお伝えさせていただきたいと思います。

また、故人との大切な思い出を私とシェアしてくださったご友人、ご家族の皆様に、心から感謝を申し上げます。


このあとがきを書くにあたり、再び本書を読み返しました。妙子さんはその後「あっち」で無事に浩輔の母を見つけられたのだろうか。龍太と三人で浩輔を待っていてくれたのだろうか。母と対面した時に浩輔は、どんな顔で、どんな言葉を彼女にかけただろうか。それは「ごめんなさい」以外の言葉だっただろうか。それとも、やっぱりまずは「ごめんなさい」だっただろうか。

あの世を信じなかった高山さんにこう願うのも失礼な話ですが、それでも私は、彼が今親子四人で揃い合って、生前を超えるほどの楽しい時間を過ごしていることを願ってやみません。

最後に、中学生の浩輔のように自らのセクシャリティを理由に命を絶つ選択を考えてしまうような少年少女が、この国から、この世界から一人もいなくなることを私は願います。そのためには私を含めた社会全体の意識の変革、教育や制度の改革が必要だと感じています。その変革への一助に、この本が、この映画がなってくれることを強く願っています。

2022年夏

鈴木亮平

※本作『エゴイスト』は2010年9月に浅田マコト名義で単行本として発行。
2021年電子化の際、著者名を高山真に変更しました。

―――本書のプロフィール―――

本書は、２０１０年９月に出版されたものを文庫化しました。

小学館文庫

エゴイスト

著者　高山《たかやま》 真《まこと》

二〇二二年八月十日　初版第一刷発行
二〇二三年三月七日　第五刷発行

発行人　石川和男
発行所　株式会社　小学館
〒一〇一-八〇〇一
東京都千代田区一ツ橋二-三-一
電話　編集〇三-三二三〇-五五六六
販売〇三-五二八一-三五五五
印刷所——大日本印刷株式会社

ISBN978-4-09-407175-7